ESPERANDO
EL VELORIO

ESPERANDO EL VELORIO

Historias para resolver y sobrevivir,
del ingenioso *novo-homo-sapiens*
especial cubano y su fiel acompañante, el
Sancocho, en el país de la Mancha
que no se acaba de caer

Segunda edición
Editada y aumentada

BALTASAR SANTIAGO MARTÍN

Esperando el velorio

www.eriginalbooks.com
www.eriginalbooks.net

Pirmera edición, Alexandria Library, 2007
Segunda edición, Eriginal Books, 2012

ISBN-13: 978-1-61370-005-1
Library of Congress Catalog Card Number: 2012952378

DEDICATORIA

Para Nananina y Tres Patines;

Candita Quintana y Carlos Pous;

Plutarco, Remigia y Éufrates del Valle;

Cheo Malanga, Cuca, Monga, Consuelito y Cepero Brito;

Rita, Paco y Estervina;

Nanito y Álvarez Guedes;

Alexis Valdés:

esa tremenda corte

que en "el país del peladero"

-y en su exitoso exilio-,

detrás de la fachada

de casas, apartamentos,

barbacoas y *efficiencies*,

nos han regalado siempre

alegrías de sobremesa

para poder sobrevivir.

El autor

ÍNDICE

UN BREVE TEQUE SOBRE EL CHOTEO NACIONAL, SUS PROS Y SUS CONTRAS

En el libro *La Broma*, del novelista checo Milán Kundera, a quien ya le debían haber otorgado un Premio Nobel de Literatura, si la Academia Sueca fuera más imparcial y no se caracterizara por sus devaneos a diestra y, sobre todo, a la *siniestra*, el protagonista es expulsado deshonrosamente del Partido Comunista por haberle escrito una carta privada a su novia, donde, hablando en cubano, "le da cuero" por su excesivo entusiasmo revolucionario en las tareas agrícolas a donde fue enviada durante sus estudios.

La broma en cuestión le costó además al pobre checo de la novela ser enviado al Ejército y, ya como soldado, trabajar nada menos que en una mina.

Recuerdo que en 1972 le mandé un telegrama a Mayra, una compañera del Preuniversitario que estaba en otro campamento del Plan "La Escuela al Campo", donde le decía textualmente: "Lancha lista, nos vamos el sábado".

Mayra se molestó mucho conmigo, pero no pasó nada, pues "de seguro" la Seguridad del Estado comprendió que el telegrama en cuestión era una broma, y no nos metió presos por "intento de salida ilegal del país", tan penada por la ley en esa etapa.

Ese sentido del humor, esa tendencia a bromear con todo; esa "levedad" que ambas partes mostramos y que nos salvó de la cárcel a Mayra y a mí en ese entonces, es lo que, por un lado, nos ha dañado como pueblo, porque nos hemos salido siempre por la tangente con el chiste y el devaneo, no enfrentándonos a la realidad cruda como lo hicieron los húngaros y los checos en circunstancias muy parecidas en su tiempo, pero por el otro, es lo que nos ha salvado también de la locura y del suicidio colectivo, si nos hubiéramos enfrentado a las tropas especiales y a los pelotones de fusilamiento crispados por la ira y la desesperación, aunque cientos así lo hicieron en Girón, en el Escambray, y aquel 5 de agosto de 1994, cuando el Maleconazo, sacando la cara por todos los que seguimos vivos y nos limitamos a burlarnos del Fifo.

Somos dramáticos solo por momentos, acabando siempre en el choteo, de ahí que de la zarzuela no hayamos pasado en nuestro teatro musical, sin llegar a la ópera, ya que en la primera nunca falta el cuadro costumbrista de la mulata, el negrito y el gallego, aunque acabe en asesinato, y en la segunda, casi siempre el desenlace es terrible, pero sin choteo.

Al lado de la consigna oficial de "Patria o Muerte", tan dramática que casi nadie la ha seguido al pie de la letra ni cuando lo de Granada -por ser solo un engendro efectista del Dramaturgo en Jefe-, las verdaderas consignas imperantes en estos 53 años han sido: "No cojas lucha, que la caña es mucha", en los setentas; "Sociolismo o muerte", en los ochentas, y "Socialismo o muerte, valga la redundancia", en los noventas e inicios del 2000.

Sea esto bueno o malo, así somos los cubanos, y ponernos un gran espejo delante es lo que necesitamos, para no andarnos con pañitos tibios cuando de salir del berenjenal se trate.

Creo que el humor podrá ser, como siempre lo ha sido en nuestra historia, un buen azogue para ese necesario espejo, tal como ha sido un implacable azote para el Coma-andante, durante todos estos 53 años en que hemos estado esperando la llegada de la tarde en que ya no nos enoje, y se vaya para la Microbrigada del Infierno, a sustituir a Lucifer.

El autor

Una historia cubana neo-feudal: ¿otra vez Yisel?

Primera Parte

Yisel es una joven y pobre campesina cubana, valga la redundancia, que vive en el batey de la Cooperativa de Producción Agropecuaria (C.P.A.) "Las Ilusiones Perdidas", cerca de Batabanó, en la provincia Habana Campo.

Corre el año 2010, y al batey llega de visita el joven Alberto, que se presenta ante Yisel como habitante de la capital, jinetero y con muchos dólares para cambiar por chavitos, gracias a que está casado con una alemana rica de Silesia que lo mantiene y que le ha pagado las clases de alemán.

Alberto es en realidad Luis, un empleado de una gasolinera de CUPET en un pueblo cercano a Batabanó, que debido a ese trabajo pudo resolver algunos chavitos y comprarse alguna ropa extranjera con que engatusar a Yisel.

Yisel adora bailar en fiestas de quince, pero su mamá, Berta, se opone a que baile tanto, porque Yisel sufre de un soplo en el corazón.

Berta, otrora residente en la capital y amante del ballet, de ahí el nombre de su hija, fue engañada por un guajiro maceta del batey, que se la llevó a vivir allí, la embarazó, y luego la abandonó y se fue en lancha para la

13

Yuma, por lo que su vida se centra en el cuidado de su hija tan delicada de salud.

Yisel tiene otro enamorado, de nombre Hilario, que trabaja en un aserradero vecino, luego de haber estado dos años en la difunta República Democrática Alemana, talando bosques y aprendiendo alemán, pero Yisel no le corresponde, porque debido al período especial, Hilario tuvo que vender hasta la moto MZ que trajo de allá.

Al enterarse Hilario de que un tal Alberto pretende a Yisel y de que, según las malas lenguas, ya son hasta novios, empieza a vigilarlos, y un día decide seguir a Alberto y descubre así su impostura, por lo que a la primera oportunidad que tenga se lo dirá a Yisel.

Entretanto, al batey llega una guagua de turismo con unos turistas alemanes que quieren conocer cómo viven los campesinos cubanos, y los amigos y amigas de Yisel organizan una rueda de casino para entretener a los extranjeros y ver si alguien puede ligar a alguno para que lo saque del país.

Luis llega en eso al batey, pero al ver a los turistas alemanes se esconde para que no se le descubra la mentira de que él sabe hablar alemán, pero cuando aquellos se retiran a comer algo en el restaurancito en divisas del batey, del cual Berta es su administradora, aparece y baila con Yisel, a pesar de la oposición de Berta, que ya le ha explicado a su hija, y a sus amigas y amigos, que si Yisel se muere de pronto, su alma no descansará y se aparecerá en cuanta sesión espiritista o juego del tablero de la Ouija que se realice por los alrededores.

No obstante, las amigas de Yisel entretienen a Berta y la mandan para el restaurante a garantizar la propina de los nibelungos, a falta del anillo, y a falta del collar de oro del ballet original, y el baile continúa.

Después de haberse elegido a Yisel y a Alberto como la mejor pareja de casino de la fiesta, aparece Hilario, que los separa bruscamente, y le dice la verdad sobre Alberto a Yisel.

Yisel no le cree, y el falso Alberto hace ademán de tomar su celular para hablar con alguien, pero en realidad el suyo no está activado; lo usa solo para impresionar.

Hilario llama entonces a los turistas alemanes en su propio idioma, y le presenta a "Alberto" a una walkiria de mediana edad, que trata de conversar en la lengua de Honecker con él sin resultado alguno.

Al ver Yisel que Alberto es en realidad Luis el pistero, y que no es jinetero, no sabe alemán, y no está casado con ninguna extranjera rica, enloquece y muere.

Segunda Parte

Como la pobre Berta no tiene ningún panteón en el cementerio de Batabanó ni en el de la capital, ha logrado por sociolismo que le dejen enterrar a Yisel en el Bosque de La Habana, ya que Hilario conoció al guardaparque durante su estancia en la R.D.A., y por 50 chavitos este se hará de la vista gorda.

La cruz la pudo conseguir en el teatro García Lorca, porque uno de los encargados de los decorados del ballet se robó la de la tumba de *Giselle*, y se la vendió por 30 chavitos.

A pesar de su dolor, y del período (sin íntima) tan especial, Berta ha tenido el consuelo de poder enterrar a su Yisel casi como a Giselle.

Al cumplirse un mes de la muerte de la joven, Hilario decide ir a visitar su tumba en el Bosque de La Habana, pero el viaje desde Batabanó, en botella primero, y luego en un almendrón de 10 pesos, se tardó tanto, que arribó al bosque como a las 11 y media de la noche, y se encontró con un grupo que ya salía por la parte de Puentes Grandes y que le advirtió de lo peligroso que era entrar a esa hora, por la existencia de pandillas que asaltaban a cualquiera para quitarle las cadenas, los relojes, los zapatos y la ropa, sobre todo a los *gays* que iban a "fletear" y a ligar puntos.

Hilario no se arredró, y penetró en nuestro bosque mayor hasta llegar a la tumba de Yisel.

Yisel, por su parte, después de haberse muerto del disgusto que le provocó descubrir el engaño de Luis/Alberto, como era casi una recién llegada al mundo sobrenatural, estaba todavía en la lista de espera del espiripuerto para poder aparecérsele a alguien, asustarlo y halarle las sábanas, así como para entrar a una sesión espiritista o juego de la Ouija, porque Mirta Aguirre, la reina de las Ouijas, era la que cantaba los números y no dejaba colarse a nadie.

Las Ouijas estaban muy organizadas, tenían a Mirta Aguirre como reina, y a Ana Lasalle y a Rita Longa como responsables de vigilancia y de la recogida de materias primas en el bosque respectivamente.

Como a las doce de la noche en punto, Mirta Aguirre cantó el número de Yisel en la lista de espera para poder aparecérsele a alguien, y la visita de Hilario a su tumba le vino como anillo al dedo, ya que así no tendría que viajar hasta Batabanó.

Le pidió a Ana Lasalle que le calentara la escena, apareciéndose primero, pero Hilario, en cuanto la vió, huyó despavorido, y Yisel, contrariada, no lo pudo asustar.

Desafortunadamente, la reina de las Ouijas y sus milicianas no eran las únicas que campeaban por su respeto en el bosque, sino que existía una banda de tortilleras palestinas, llamadas las Wiliwilis, procedentes de las provincias orientales, que huyendo de la deportación obligatoria decretada por el señor feudal y mayoral de la Isla, se habían refugiado en el bosque, y asaltaban y robaban a todos los que entraban en sus dominios nocturnos.

Hilario se puso fatal, pues se encontró en su huida con las wiliwilis, y lo asaltaron para quitarle el reloj Poljot, sobreviviente del primer matrimonio bolo del señor feudal; las chancletas chinas metidas por el dedo, recuerdo del segundo enlace del susodicho, y la gorra roja con el escudo de Venezuela, fruto del actual matrimonio del mayoral con Hugo Chávez, después de que en Galicia se aprobaran las bodas del mismo sexo, como muestra de lo adelantados que están ya los gallegos, y del poco seso del venezolano.

De más está decir que Hilario entró en estado de coma debido al atraco, y las wiliwilis arrojaron entonces su cuerpo al río Almendares, donde se acabó de morir a causa de la contaminación y de la podredumbre del mismo.

Yisel, a pesar de que estaba de lo más impaciente por acabar de aparecérsele a alguien, se demoró en hacerlo para no perderse el numerito que le hicieron las pan con pan/wiliwilis a Hilario, y en cuanto se produjo el desenlace, observó a Luis, montado en su bicicleta de fabricación nacional, dando pedales como un loco con la catalina zafada, camino hacia su tumba. Finalmente, pudo parar la bicicleta con los pies, pero su alegría duró poco, porque las wiliwilis lo rodearon, le pusieron un punzón en la espalda baja y le robaron la bicicleta.

Entonces fue cuando Yisel decidió intervenir, y le rogó a Mirta Aguirre, a Ana Lasalle, a Rita Longa y a las otras milicianas sobrenaturales que la ayudaran a salvar a su Luis-Alberto de las desnaturalizadas wiliwilis.

Rita Longa le sugirió que se les apareciera como Giselle en el segundo acto del ballet homónimo, pálida y espectral. Estas, al observar horrorizadas semejante visión, huyeron como alma que lleva el diablo, para ir a tirarse los caracoles en cuanto amaneciera, y ver así cómo podían librarse de tan terrible maleficio, que les echaría a perder su negocio de robo y venta, ya que si se corría la voz de que Giselle se aparecía en el Bosque de La Habana, ya nadie iba a querer entrar a templar después que cayera la noche.

Luis, completamente choqueado, y sin poder creer realmente lo que había sucedido, vislumbró a Giselle/Yisel, y comprendió enseguida el sacrificio de amor que esta había hecho por él, al caracterizarse como la espectral wili.

Sonó el pito de la Papelera de Puentes Grandes, que debe sonar a eso de las 5 y 30 de la mañana cuando no está atrasado, y comenzó a clarear, por lo que las milicianas de la Ouija se empezaron a desvanecer, pero Yisel lo hizo de última, sobre su tumba, logrando llevarse en un gesto postrero las horribles flores plásticas de la Industrias Locales del Poder Popular que Luis le había llevado desde Batabanó, con las que piensa entonces asustar a las nuevas víctimas de su próxima aparición.

El Instituto de Investigaciones de la Nieve (I.I.N.), con sede en Nevada, después de largos años de ardua labor, ha dado a la publicidad las interesantísimas conclusiones de su trabajo sobre el tema "Nieve y desarrollo".

Las mismas son las siguientes:

1. En todos los países desarrollados cae nieve.

2. En los países más atrasados de América Central y del Sur, África y Asia, no cae nieve.

3. Dentro de los países subdesarrollados, los más adelantados son aquellos donde cae alguna nieve, como por ejemplo, Argentina antes del exsuegro de Shakira.

4. En Italia, el norte nevado es el que tiene más desarrollo industrial y económico, mientras que en el sur cálido la situación es muy distinta.

La gran conclusión es entonces que para que en un país haya desarrollo tiene que caer nieve, como en Estados Unidos, Francia, Inglaterra, Japón, etc., por lo que la solución para el mundo subdesarrollado es que en sus respectivos territorios caiga nieve.

Ya hay una compañía norteamericana interesada en esto, la Nevada Ice Cream Overseas (NICO), que propone el envío en helicópteros de nieve en grandes contenedores refrigerados para dejarla caer sobre los países carentes de ella y así propiciar su desarrollo.

No en balde, en Cuba, al principio de la década del '70, un "iluminado" compró una barredora de nieve en la Unión Soviética y la trajo al país. Es cierto que se adelantó mucho a este descubrimiento del I.I.N., pero se ve que estaba sobre la pista.

El susodicho, cuyo nombre hemos logrado averiguar, después de más de 30 años de arduas investigaciones, para no quedarnos por debajo del nivel del I.I.N. con lo de la nieve, todavía sigue con vida, a pesar de los experimentos alimenticios de que ha sido víctima durante tanto tiempo, pero ha demostrado tener un estómago y unos nervios de acero.

Lo primero se explica por sí solo, pues sobrevivir al chorimorci, la pasta de oca y al chocolate mezclado con harina de pescado no lo hubiera logrado ni Meñique, pues MINAL, nuestro ogro culinario al servicio del señor Don Pomposo, no se deja engañar tan fácilmente: o te lo comes, o te mueres de hambre.

Lo segundo, porque Alipio de la Caridad Fernández Mell, que así es su nombre, hermano de aquel famoso "alcalde socialista" de La Habana, notorio por abastecer las Fuentes de Odalis, tuvo que tener unos nervios de titanio para poder soportar las burlas de familiares, amigos, compañeros de trabajo y vecinos, después de la metedura de pata de la barredora, al punto de que le pusieron como apodo "Blancanieves con un solo enanito", porque, además de bruto y frío en la cama, es pichicorto.

Afortunadamente, con este nuevo descubrimiento del I.I.N., Alipio ha sido reivindicado, y en un futuro próximo se espera que *Granma* y la Televisión Cubana le hagan un reconocimiento público, como a Luis Pavón, que metió en el congelador a tantos artistas cubanos, y a Papito Serguera, también con un gran historial con la nevera, aunque Alipio corre el peligro de que, como en el caso de aquellos, que por primera vez en su historia, la U.N.E.A.C. (Unión Nacional de Escritores y Artistas Castristas) protestó, y *Granma* se tuvo que echar para atrás (aunque a mí todo eso me pareció un montaje para limpiar la imagen cultural del régimen), el casi extinto Sindicato Nacional de Fabricantes de Granizados, Durofríos, Hielo y Helados (SINFGDHH) también proteste, porque si finalmente nieva en Cuba, los turistas no van a querer tomar helados ni durofríos, y sus trabajadores van a tener que cambiar de actividad.

Nada, que a veces la vida real es más desconcertante que la más disparatada historia de ficción.

CARMEN, HABANERA AL FIN

Primer Acto

En los alrededores de la fábrica de tabacos Partagás, al fondo del Capitolio de La Habana, a varias cuadras del Hotel Sevilla, un grupo de policías orientales, traídos de Songo La Maya y de Mayarí Arriba para reforzar la vigilancia de la capital ante el auge del hambre especial provocada por el período homónimo, matan el tiempo mirando a los transeúntes y a las jineteras y pingueros que pululan por la zona.

Una joven, de nombre Micaela, con aspecto de guajira con los ariques puestos, se acerca al grupo y pregunta por José, un sargento de la policía destacado en la zona para evitar el robo de tabacos a que acostumbran los empleados de la fábrica para poder sobrevivir, pero sus compañeros le comunican que él no entra de servicio hasta más tarde, y ella decide marcharse para regresar después.

José llega al cambio de guardia, y el timbre de la fábrica de tabacos anuncia la hora del almuerzo.

Las mujeres y hombres que trabajan allí salen para coger un "break", fumar y ver qué "bisne" se les pega. La última en llegar es la mulata Carmen, Carmita para sus allegados, que le echa el ojo a José y le brinda un cigarrillo, pero este lo guarda sin fumárselo y la ignora intencionalmente.

Al sonar el timbre de nuevo para anunciar el fin del *break*, los obreros regresan al trabajo, y Micaela retorna y le entrega a José una carta de su madre, y una jaba con un poco de yuca, unos plátanos y una libra de café, consciente de lo dura que está la cosa de la jama en la capital, aun para los policías, que ganan el doble que un ingeniero.

Se marcha Micaela, ilusionada con que José al fin le hará caso a instancias de su madre, y se produce una conmoción repentina en la fábrica. Una trabajadora infiltrada por el Partido de la fábrica para detectar los robos de tabacos ha descubierto a Carmen cuando guardaba varios de estos en su saya, y ha dado la voz de alarma, recibiendo un bofetón de altura por chivata de parte de la mulata.

El capitán Zúñiga, jefe de José, le ordena a este que arreste a Carmen y se la lleve para la unidad de la policía.

Una vez solos en el Lada patrulla, Carmen lo convence para que la deje escapar y le promete que lo amará y compartirá el negocio de la venta de tabacos en "fulas" con él.

José le quita las esposas, y al llegar a la unidad y bajarse ambos del carro, ella lo empuja y escapa en medio de la muchedumbre que los rodea, por lo que José es arrestado inmediatamente.

Segundo Acto

En el paladar de Liliano Patria, un mes después, Carmen y sus amigas Panchita y Mechy bailan reguetón para entretener a los macetas y a los turistas que allí se encuentran

Llega Zúñiga de civil, ya que es su día franco, y le dice que José ya ha cumplido su condena en el Combinado del Este por ayudarla a escapar, insinuándole que ella puede aspirar a algo mejor que un simple sargento de la policía como José, pero Carmen lo ignora.

Se oye el rumor de un pregonal, que dice así: "El Yuniesquillo llegó, llegó", y el famoso pelotero cubano Yuniesquillo Gurriel entra en el paladar de Liliano rodeado de un grupo de fanáticos, y se muestra interesado en Carmen, pero ella, al igual que a Zúñiga, le expresa que su pensamiento pertenece a otro en ese momento. No obstante, antes de marcharse, Yuniesquillo la invita a ir al Stadium Latinoamericano con sus amigas a verlo jugar.

Más tarde, al quedarse vacío el paladar, Liliano, Panchita y Mechy tratan de convencer a Carmen para que los acompañe en un viaje al interior a buscar mercancías para revender luego en el mercado negro, pero Carmen se niega porque está esperando a que José aparezca.

Se escucha la voz de José llamando a Liliano para que lo deje pasar, y los tres amigos dejan a Carmen sola.

Carmen recibe a José muy cariñosamente, y al poco rato, después de unos besos y abrazos muy apasionados, José le dice que se tiene que ir para la unidad porque le toca la guardia de madrugada.

Carmen se exaspera y le dice que deserte, y que si no lo hace es porque no la quiere lo suficiente, a lo que José responde, mientras saca el cigarrillo que ella le entregó cuando se conocieron, que solo ese recuerdo y su promesa de amarlo hicieron su estancia en el Combinado más llevadera, y le jura amarla.

En ese caso, le dice ella, él debe dejar la policía e irse a vivir con ella para Camarioca, cerca de Varadero, desde donde pueden conseguir trabajo en el turismo y vivir de las propinas y del jineteo con los extranjeros.

José se niega y está a punto de marcharse cuando Zúñiga regresa y se burla de Carmen por haber preferido a José y no a él, lo que provoca la ira y el ataque del sargento.

José, al vencer a su capitán y tirarlo al suelo, sabe que este lo acusará de falta de respeto a un superior, y para evitar ser encarcelado de nuevo, decide finalmente desertar, y huye con Carmen para Camarioca.

Tercer Acto

La nostalgia y los celos de José han matado el amor de Carmen, porque José no acepta que Carmen seduzca a los turistas para ganarse unos dólares, y se niega a hacer lo mismo como jinetero-pinguero.

Carmen, desesperada y obstinada, viaja a Cárdenas, la meca de la brujería en Matanzas, con sus amigas Panchita y Mechy, para consultar a un santero.

Los caracoles le predicen a Mechy que va a encontrar un italiano rico, con quien se casará y se irá a vivir a la campiña toscana, cerca de Florencia; a Panchita, que encontrará el amor con un guajiro maceta que vive en Santa Marta, a la entrada de Varadero, pero a Carmen le sale la peor letra del caracol: el hueco está abierto, y la muerte la acecha.

Carmen y sus amigas se marchan para Varadero a hacer su trabajo internacionalista, y la pobre Micaela llega a Camarioca, después de una semana de viaje en tren desde Bayamo, extenuada y hambrienta, y le dice a José que su madre está muriéndose y que desea verlo por última vez.

José se debate entre su deber como hijo y su amor enfermizo por Carmen, y le promete a Micaela que se va a anotar en la lista de espera de la terminal de ómnibus de Varadero para ir a ver a su madre, pero que eso puede tardar varias semanas, esperando así ganar tiempo para resolver el problema con Carmen.

Micaela se marcha, después de haberse comido un plato de arroz con frijoles colorados que era lo único que había para ofrecerle, llevándose solo un pan de harina de boniato de la cuota diaria de José para el viaje, porque si José le hubiera dado también el de Carmen, la ópera hubiera tenido el final al revés.

Llega entonces Yuniesquillo, que tiene un juego esa noche en el estadio de Matanzas, estrenando el Peugeot nuevo que el estado le permitió comprar en divisas por su alto rendimiento como pelotero, y con el que espera poder deslumbrar a Carmen, y José, furioso, al darse cuenta de sus planes, lo enfrenta y lo desafía a pelear, pero Yuniesquillo decide que es mejor marcharse, porque no quiere problemas con el C.D.R. ni con la policía si da pie a un escándalo.

Ante decenas de admiradores que le han reconocido, Yuniesquillo les invita desde su carro en marcha a ir al estadio esa noche para verlo jugar y ganar, y les grita que se lo digan a Carmen.

Cuarto Acto

Una gran multitud colma el estadio de Matanzas esa noche, para ver jugar al equipo provincial contra los Industriales de Yuniesquillo, y las colas ante los puestos donde venden pizzas y croquetas con pan están más concurridas que las gradas.

Carmen, que ha recibido el recado de Yuniesquillo en cuanto regresó de Varadero, porque el chisme en Camarioca tiene más velocidad que el correo electrónico al que solo tienen acceso los lacayos del régimen napoleónico, busca al pelotero en el vestidor de Industriales y promete amarlo.

Yuniesquillo sale al terreno de pelota, donde recibe el vitoreo de la muchedumbre, y Carmen se sienta en las gradas, con una pizza en las manos que le compraron Mechy y Panchita, las que le advierten enseguida que José está en la parte de afuera del estadio, donde venden la comida, haciendo la cola de las pizzas.

28

Carmen se niega a esconderse de José, y decide ir a su encuentro, con la pizza en la mano.

José está en una cola, casi a punto de llegar al mostrador donde venden las pizzas, cuando la empleada le dice que ya se acabaron, y que no van a vender más. José, desesperado, perdidas las esperanzas de poder comer algo, se voltea y ve a Carmen, con la pizza casi completa en la mano, y la recrimina.

—Yo no puedo creer que tú te vayas a comer esa pizza sola sin compartirla conmigo.

—Pues sí, puedes creerlo, porque se la estoy guardando a Yuniesquillo para comérmela con él cuando se acabe el juego, que seguro que viene partido del hambre.

—Ah, pues eso sí que no, o la compartes conmigo o te mato, desgraciada.

Carmen lo mira fijamente, y finalmente le lanza el anillo que él le había dado, dándole un ultimátum: o la mata, o la deja ir con Yuniesquillo.

Llevado más allá de su resistencia -y de su hambre-, José le clava una puñalada, al mejor estilo del Pimienta de Cecilia Valdés, y lanza un grito, horrorizado ante lo que ha hecho, agarrando la pizza de las manos de Carmen.

El "patico" feo

La familia Pérez-Díaz es una "típica" familia habanera, compuesta por el matrimonio de José con María, y sus cuatro hijos varones. Afortunadamente, María es la que se apellida Díaz, porque si no, serían los del chiste, aunque en Cuba volar de verdad no es nada típico en 1990.

María está embarazada de nuevo, porque entre los apagones, lo caro de los bancos de video clandestinos, y lo pésima que está la televisión oficial, los esposos han tenido que entretenerse como las parejas de antaño, cuando no había televisión ni luz eléctrica, es decir, como en el medioevo, pero sin comida.

A los nueve meses exactos, prueba ello una vez más de la "normalidad" de la pareja, a María le han dado los dolores de parto, y, a falta de taxi o de ambulancia, es llevada a Maternidad de Línea en un carretón halado por un burro, que hacía en ese momento el recorrido de la ruta 27 desde el túnel hasta el Malecón, donde da a luz un robusto varón de 9 libras, a pesar de la alimentación tan "especial" que ha sufrido la madre durante su embarazo y gran parte de su vida.

El niño es tan hermoso, que una enfermera llamada María Félix, que cuida la sala de recién nacidos, tía de uno de los niños que allí se encuentra, decide cambiar a su esmirriado y enclenque sobrino por el bebé de María y de José, aprovechando un apagón de 15 minutos inexplicable en cualquier hospital, pero no en uno cubano.

María Félix ha visto tantas telenovelas mexicanas –alquiladas en el banco de videos de su barrio antes que lo sacaran del aire–, siguiendo la tradición de su madre, Flor Silvestre, fanática del cine mexicano de la Época de Oro, que lo que acaba de hacer no le parece una monstruosidad, sino algo recurrente en los argumentos de dichas novelas y películas.

María Díaz, a su vez, tan normalita, y José Pérez, tan normalón, no se dan cuenta del cambio, porque para ellos todos los niños recién nacidos son "iguales de feos", y se llevan la criatura ajena para su casa como propia.

Al crecer, la fealdad no se le quitó al pobre niño, nombrado por sus "padres" Jesús, y para colmo, el infante demostró desde temprano una gran sensibilidad para la música, el baile y la pintura, por lo que María y José, que detestaban el ballet y la ópera, así como la música clásica, por ser cosas de "pájaros, chernas, pargos y patos", en fin, de todo el argot con que en Cuba se denomina indistintamente a los varones diferentes, pusieron el grito en el cielo.

Por supuesto que los vecinos no se quedaron atrás:

–¿Viste, Yeya, cómo el hijo de María y José les ha salido pato, y de contra, tan feo, que si cuando crezca se viste de mujer se parecerá a la bruja de Blancanieves?

–Sí, niña, no me digas nada, que ese niño es afeminado, porque a mis negritos nunca les ha dado por querer tocar piano ni ninguna de esas cosas que hace Jesusito– le respondía Yeya a Leocadia, siempre que tocaban el punto en la cola del pan o en la de los mandados en la bodega.

En fin, que Jesusito no pudo estudiar piano en la Casa de la Cultura del Vedado, como era su deseo, porque sus padres se lo prohibieron, sobre todo José, que le dijo a todo el barrio que si el niño le salía maricón, lo mataba, y que el piano no era para los machos remachos.

Remachando aún más el clavo, el pequeño Jesús tampoco quería jugar pelota ni quimbumbia; solo estudiar, leer libros de cuentos infantiles, cuyo preferido era *El patico feo*, de Andersen, con el que se identificaba en silencio; pintar y ver televisión, sobre todo programas musicales.

Sus cuatro hermanos no lo entendían tampoco, y a partir de los 7 años comenzaron a rechazarlo por ser tan "diferente".

En la escuela, la mayoría de los varones se burlaban de él por su poca afición a los deportes, que en Cuba es como un pecado, pero algunas de las niñas se hicieron sus amigas, y esto lo ayudaba a sobrellevar el rechazo de aquellos.

María y José estaban tan desesperados con su Jesús, que lo llevaron a que lo viera un sicólogo, que no le encontró nada anormal, ya que, en realidad, Jesusito no tenía "plumas", es decir , no era amanerado ni afeminado, a pesar del convencimiento de la pareja de que su hijo era un "bicho extraño".

No obstante, a los doce años, en el 2002, José decidió becarlo a la fuerza en una escuela especial de deportes, "para que se hiciera hombre", y Jesusito optó por el atletismo, dedicándose con ahínco a entrenar, y logró en dos años un físico envidiable, con una mejoría de sus facciones, que sin que llegar a ser bello, al menos lo hacían ver muy interesante.

Da la casualidad que el verdadero hijo de María y José -el cambiado por María Félix-, criado por la hermana de esta, Dolores del Arroyo, y por su esposo, Pedro Infante Negrón (cuya familia tenía la misma patología por el cine mexicano que Flor Silvestre, de ahí su entusiasmo por el enlace y el nombre del niño: José Alfredo Negrón del Arroyo), había sido desde chiquito un niño fanático y practicante de casi todos los deportes, y por ello, también había conseguido una beca en la misma escuela a que había sido enviado Jesusito a instancias de su padre, y gracias a las conexiones de este en el Partido Provincial.

De más está decirles que la familia aztecinéfila, salvo María Félix, que era la única que conocía el secreto, nunca pudo entender la excesiva afición a los deportes de José Alfredo, ni su negativa a ver esos viejos filmes mexicanos ni las telenovelas de Televisa alquiladas clandestinamente, ya que Pedro Infante no iba al Latinomericano ni para comer pizza.

En fin, que el destino enfrentó a los dos adolescentes intercambiados en el mismo terreno, como si fueran conejillos de indias para los sicólogos, sociólogos y sexólogos que se enteraran algún día del experimento desencadenado por María Félix.

Los dos jóvenes se hicieron amigos, incluso practicaban atletismo juntos, y el tiempo fue pasando.

A los 15 años, en el 2005, ya a punto de graduarse de licenciados en deporte, cuando salían de pase y paseaban por la Rampa, comentaban acerca de la cantidad de pingueros que abordaban a los extranjeros para ofertarles sus favores sexuales, aunque ellos, en realidad, todavía a esa edad no habían pasado de hacerse la paja en solitario.

Una vez graduados, fueron invitados por la escuela a participar en una competencia juvenil de atletismo en España, ya que el Partido los recomendó, pues aparte de que eran muchachos muy sanos, al punto de que no eran jineteros ni negociantes en un medio tan adverso, el padre de Jesús seguía teniendo buenos contactos con el Partido Provincial.

Y de esta manera los adolescentes intercambiados aterrizaron en la madre patria, en pleno gobierno de Zapatero, con la aprobación de los matrimonios del mismo sexo y toda la revolución sexual que esto implicaba.

José Alfredo y Jesús, que dicho sea de paso, ya no era feo, sino todo lo contrario, despertaban a su paso, valga la redundancia, rediez, muchos requiebros, y en sus primeras visitas a las discotecas gays, y luego a las saunas, descubrieron que su sexualidad iba por ese camino, aunque Jesusito nunca lo había querido aceptar para no darle la razón a sus padres y a los vecinos con lo del piano.

José Alfredo, por su parte, había aprendido en el mundo del deporte, del que ya sabemos que era fanático desde pequeño, que no hacen falta plumas para ser maricón, y se lanzó a vivir su sexualidad sin complejos.

Los dos jóvenes se enamoraron, y decidieron pedir asilo en España para no regresar a su aislada isla, donde el doctor Castro recetaba frustación y desesperanza por doquier.

Tuvieron la grandísisma suerte de que un millonario de origen cubano, de apellido **Cisne**ros, los conociera en el teatro y les tomara afecto desinteresadamente, adoptándolos prácticamente, pues se conformaba con que le adornaran la vida, su casa y su piscina, dándoles siempre para sus gastos sin pedirles favores sexuales a cambio.

El señor **Cisne**ros le propuso a Jesús adoptarlo de verdad para que así se pudiera hacer ciudadano español, y luego, a los dieciocho, que es la mayoría de edad en España, se casara con José Alfredo, y se la trasmitiera a este de ese modo, y así lo hicieron.

Mientras tanto, en Cuba, el 31 de Julio del 2006, el tirano de la barba rala tuvo que ser operado de urgencia, y su hermano Raúl, apodado "La China" desde jovencito, heredó el trono del rey Midas al revés.

La boda de Jesús y José Alfredo fue por todo lo alto, y se celebró en casa del papá adoptivo de Jesús.

Se casaron el 17 de diciembre del 2008, en homenaje a San Lázaro, del cual los dos eran muy devotos, como una gran parte de los cubanos, y José Alfredo decidió empezar a usar el apellido de su cónyugue para quitarse de arriba el Negrón del Arroyo, que le chocaba tanto desde niño.

A la muerte de Fidel, Raúl se había desencadenado, mejorando las relaciones con la Unión Europea, y en primer lugar con España, y legalizado el matrimonio homosexual en Cuba.

Los recién casados decidieron ir a pasar la luna de miel a Cuba, para así poder ver a sus respectivas familias, y como el señor **Cisne**ros le había dado 8 millones de dólares a Jesús cuando lo adoptó, para que este no tuviera que esperar a su muerte para ser millonario, los muchachos viajaron en clase ejecutiva de Iberia, decididos a pasarla en grande, y a ayudar a sus familias en todo lo que pudieran.

Cada quien le avisó a su clan para que fuera al aeropuerto a recibirlo, sin detallar nada de su sexualidad, matrimonio y condición millonaria, y las dos familias volvieron a encontrarse, como en Maternidad de Línea, para volver a recibir a su retoño.

María Félix acompañó a Dolores del Arroyo y a Pedro Infante Negrón, loca por ver a su "sobrino" José Alfredo, y de inmediato reconoció a María y a José, palideciendo.

Como la espera se prolongó un poco, las dos familas entablaron conversación, y María Félix por poco se infarta cuando escuchó que su verdadero sobrino también se había ido para España en el 2005, y que también había estudiado deportes en la misma escuela que José Alfredo.

Enseguida pensó que era un castigo de Dios por su imperdonable acción de haber cambiado a los bebés cuando nacieron, pero se dijo que "a lo hecho, pecho", y que el mismo Dios se encargaría de darle solución al problema.

Cuando al fin el avión aterrizó, ya las dos familias se habían hecho amigas y quedado en visitarse, ante los ojos pasmados de María Félix.

Los dos resplandecientes y esperados muchachos salieron al fin de los trámites de aduana, pero no por la salida normal, junto con los demás pasajeros, sino por la salida V.I.P., como correspondía a su condición de millonarios, y esto les causó una gran extrañeza a sus familiares, que se dieron cuenta enseguida de la diferencia, que era a su vez una deferencia.

Cubanos al fin, la primera pregunta a cada uno, después de los abrazos y besos de rigor, y de las mutuas presentaciones familiares, fue:

—Niño, ¿y eso que tú no has salido por la misma puerta que los demás, y saliste por la de los artistas y los diplomáticos?

Jesús y José Alfredo se miraron significativamente, y respondieron a la vez:

—Sígannos, que les vamos a explicar todo en un salón de protocolo del aeropuerto, donde podremos hablar con comodidad.

La tensión que se creó se podía sentir en el aire, pues un intenso presentimiento surgió en ambas familias, de que algo muy grande iba a serles revelado por sus hijos.

Jesús habló primero:

—Como ya se habrán dado cuenta, nosotros somos muy amigos, es más, mucho más que amigos; somos una pareja, y nos hemos casado en España.

María y José se miraron significativamente, y le dijeron:

—Ni prohibiéndote el piano pudimos evitar la maldición de que nos salieras pájaro, o pato, como decían los vecinos, pero a fin de cuentas, eres nuestro hijo, y no creas que los otros cuatro nos han salido muy católicos que digamos, pues en el 2006 nos salvaron de morir de hambre y de necesidad jineteando en el Vedado, y sin discriminar país ni sexo.

Dolores del Arroyo y Pedro Infante Negrón se habían quedado mucho más perplejos, pues José Alfredo nunca había querido estudiar piano ni ballet, sino que adoraba los deportes, y, además, ese tema nunca se había tocado en una telenovela mexicana, y muy poco en las películas, pero, padres al fin, le dijeron a su hijo que iban a tratar de entenderlo, y que en *Y tu mamá* también, al final los chavos acababan dándose un beso, así que, habiendo antecedentes cinematográficos del problema, esto lo hacía un poco menos difícil de asimilar.

Viendo los mancebos aparejados que la cosa había salido mucho mejor de lo que pensaban, decidieron pasar al otro punto, el de su condición de millonarios, pues ambas familias se lo habían ganado, al aceptarlos gays y casados, creyéndolos pobres.

Le tocó ahora hablar a José Alfredo, que les dijo que en España, un millonario de apellido **Cisne**ros había adoptado a Jesús y le había heredado en vida 8 millones de dólares, ya libres de impuestos y de todo.

María, como toda buena madre, no pudo evitar enternecerse, recordando cómo Jesusito se refugiaba leyendo *El patico feo*, cuando los demás lo rechazaban por su fealdad y sus gustos "diferentes", y se lo comentó a los demás, provocando que José Alfredo le respondiera que, gracias a Dios, Jesús era ahora un verdadero **cisne**, tanto por el apellido como por lo apuesto.

—Esto parece una verdadera película mexicana de la Época de Oro— dijeron, llenos de felicidad, y a coro, la pareja de casi homónimos de estrellas del cine azteca, y luego preguntaron:

—¿Y para qué casa piensan ir a vivir ahora?, ¿para la de ellos o para la de nosotros? — insinuando que fueran para la de ellos, a lo que María y José se opusieron, pero los muchachos les respondieron prontamente:

—Nos vamos todos por una semana para el Hotel Nacional, para la *suite* presidencial, y después compraremos dos casas pegadas en la zona de Miramar, por la Quinta Avenida, o cerca del Laguito, desde donde podamos ver a los cisnes nadar.

No obstante, ninguna de las dos familias quedó conforme, pues cada una quería conservar la primacía sobre la pareja, creándose una situación bastante incómoda, de celos y presiones ocultas, para que los muchachos escogieran su casa.

María Félix, que lo había escuchado y visto todo en silencio, no pudo más, y rompió su mutismo:

—Yo también tengo que confesarles algo muy difícil, que no tiene perdón.

—No me salgas ahora con que haces tortilla, porque entonces sí que el barrio entero nos va a crucificar, aunque tengamos billete— le dijo Lola del Arroyo a su hermana, en un tono dramático digno de su admirada del Río, pero a lo Celeste Mendoza.

—No, no se trata de eso, hermana querida, se trata de un terrible secreto que he guardado durante todos estos 18 años— le respondió la versión cubana de La Doña, en un tono que recordaba al de la original, pero como pasada de copas.

–Entonces, acaba de una vez y dínos tu secreto, para poder irnos para la piscina del Nacional– le dijeron como en un coro griego los cuatro hermanos de Jesús, los jineteros.

–Yo intercambié a los niños cuando nacieron en Maternidad de Línea, y Jesús es mi verdadero sobrino, no José Afredo.

Un profundo silencio se apoderó del ambiente, para que cada quien pudiera procesar ese golpe tan inesperado.

–¿Entonces es por eso que a Jesús nunca le interesaron los deportes, y nos salió tan artístico? – exclamó el pobre José Pérez, saliendo de su estupor.

–Coño, ahora entiendo por qué a José Alfredo nunca le gustaron el cine mexicano ni las rancheras; no en balde– dijo como para sí misma Lolita del Arroyo.

Y de pronto, todos a coro:

–María Félix, ¿cómo pudiste hacer algo tan espantoso?

María Félix solo atinó a decir que la culpa era del cine mexicano, pero Jesús le respondió, encabronado, que nadie tenía idea de todos los buches de sangre que él había tenido que tragar cuando era niño por la incomprensión de sus padres, y de los vecinos, por ser tan diferente y no gustarle los deportes, y sí el piano, así que con demandar ahora a los Estudios Churubusco y a Televisa no se iba a resolver el problema.

María Félix lloraba sin consuelo, y entonces María Díaz, que había estado callada y pensando todo ese tiempo, dijo, ensimismada:

—Entonces somos suegros de nuestro verdadero hijo, y padres falsos de nuestro verdadero yerno.

Uno de los "hermanos" de Jesús expresó, gritando:

—Coño, caballeros, esta historia se la podemos vender a Almodóvar allá en España, porque es tan enredada como *La mala educación*, pero sin curas por el medio, y así nos hacemos famosos si Almodóvar se decide a filmarla.

José Afredo, siempre muy práctico, les dijo a todos que, en un final, las cosas no habían salido tan mal, y abrazando a Jesús, le pidió, muy cariñosamente, que perdonara a su tía María Félix, que ahora lo sería de los dos.

Jesús abrazó y besó a la interfecta, perdonándola, y propuso que, antes de ir para el Hotel Nacional a instalarse y a disfrutar de los millones, pasaran por su antigua casa, para saludar a sus vecinos, y que así "vieran la transformación del patico en cisne", sobre todo Yeya y Leocadia.

María le respondió que sí, que estaba de acuerdo, pero que se preparara para llevarse tremenda sorpresa con los hijos de Yeya, porque ahora uno de ellos era travesti y su nombre artístico era Ninón La Ardilla, el otro era bailarín del Ballet Nacional, con tal de viajar y conseguir pacotilla, y los otros dos se habían hecho santos y le tiraban los caracoles a los turistas.

En fin, le dijo Jesús, que "no hay boca que habló que Dios no castigó".

Llegaron al Vedado, y ya la cuadra completa los estaba esperando, siendo Yeya y Leocadia las abanderadas, que exclamaron a coro al ver a Jesusito:

–Niño, qué lindo y bueno te nos has puesto.

Leocadia, por supuesto mucho más bajito, le dijo a Yeya:

–Oye, y no vino vestido de mujer ni nada de eso.

–Me moriré de la pena cuando sepa lo de Ninón –fueron las últimas palabras de Yeya antes de quedar muda de la impresión.

Entonces, luego de los reencuentros y de las preguntas de rigor, partieron todos para casa de los Negrón del Arroyo para realizar el mismo exorcismo con los vecinos, aunque José Alfredo nunca había sufrido el mismo asedio que Jesús antes de irse para España, y no tenía nada que restregarles o que reivindicar a sus vecinos.

Después de una semana de fiesta y rumba en el Hotel Nacional, se mudaron para cuatro mansiones frente al Laguito de Miramar: una para los enamorados, porque el que se casa, casa quiere; otra para María, José y sus cuatro "artistas de la calle"; la tercera para los fans del cine azteca hasta la muerte, los Negrones del Arroyo, y la cuarta, para María Félix, la artífice de todo este enredo mayúsculo, pero con final feliz.

Casi todas la tardes, cuando no están de viaje por el mundo, acostumbran a reunirse en la terraza de los nuevos **Cisne**ros, a contemplar las tranquilas aguas del

Laguito, por donde se deslizan, con elegancia y parsimonia, cisnes y patos, en placentera convivencia, porque en el Universo hay cabida para todos, y a cada quien le corresponde su lugar bajo el sol.

La metamorfosis (doble)

Gregorio Samsa se ha despertado en su departamento de Praga, luego de una noche soñando con que es Milán Kundera, y que se ha ganado el Premio Nobel de Literatura del año 201..., derrotando a Bolongo Tetatiesa, de Botswana, y a Miliki Cuchufleta, de las Islas Fiji, ambos muy conocidos por sus familiares más allegados y por la prensa tribal de sus respectivas aldeas, y al mirarse al espejo, cuál no sería su asombro al constatar que está vestido como un bongocero cubano, con unas enormes mangas de rumbero de la Sonora Matancera, y en el bolsillo de su camisa tiene un carnet de identidad de la República de Cuba, a nombre de Gregorio Salsa.

—Dios mío, esto no me puede estar pasando a mí —ha pensado Gregorio apendejado—; si yo he sobrevivido la Primera Guerra Mundial, el Fascismo, la Segunda Guerra Mundial, el Pacto de Varsovia, la caída del Muro de Berlín, y ahora estaba a punto de cambiarme el nombre por el de Gregory para irme para los Estados Unidos, a escribir guiones de cine para Milos Forman; ¿qué he hecho yo para merecer algo así?

Después de unos minutos de perplejidad, ha bajado al vestíbulo de su edificio y se ha encontrado con un enorme cartel publicitario anunciando la presentación en Praga del grupo musical cubano "Bad View Socialist Club", con sus cantantes estrellas Gregorio Salsa, es decir, él mismo, y la gran Omara Portuondo.

44

La mismísima Omara, en bata de casa y con los rolos puestos, ha venido a su encuentro, y le ha dicho muy familiarmente:

—Grego, viejo, prepárate, que en una hora salimos para el Castillo de Praga, que vamos a tocar para la prensa y la televisión checas.

Gregorio Samsa, que no sabe tocar ni el tambor de hojalata de su vecino y "nobelado" Gunter Grass, y no ha cantado nunca ni en la ducha, ha vuelto a subir a su habitación, con el pretexto de prepararse para la inminente actuación, y se ha acostado de nuevo, convencido de que es víctima de una horrible pesadilla, y que cuando se despierte, el problema habrá desaparecido.

Pero como siempre se puede estar peor, que es el mejor consuelo para cuando uno está mal, como era el caso de su metamorfosis en Gregorio Salsa, al despertarse otra vez, después de una hora de sueño, debido a los golpes dados en su puerta por Omara Portuondo, se ha encontrado ahora convertido en la cucarachita Martina Samsa, y ya no en Praga, sino en un solar de la Habana Vieja.

Omara, al ver que Gregorio no le contestaba ni le abría, ha abierto la puerta, y al verlo transformado en una cucaracha, ha salido corriendo y gritando en la pesadilla anterior, y se ha tenido que ir a cantar salsa sola en "El Castillo", sin Gregorio y sin Compay Segundo, que ahora canta con el conjunto *Todos estrellas*, contratado por el dueño del superclub "Las nubes".

Samsa, que conoce muy bien por la prensa checa la situación de Cuba y su periodo (sin íntima) tan especial, al verse transformado en la cucarachita Martina Samsa, ha resuelto seguir el cuento, dentro de la medida de lo posible, y decide bajar de su barbacoa a barrer el patio del solar, para ver si se encuentra aunque sea un chavito.

Efectivamente, al poco tiempo de estar enfrascada en su tarea, ya metida de lleno en el cuento, la cucarachita se ha encontrado un billete de 20 chavitos, y se ha quedado parada frente a su puerta, pensativa, decidiendo qué comprar.

La primera que ha venido a hablarle ha sido la presidenta del Comité del solar, que le ha dicho en voz baja:

—Martina, vieja, vas a tener que esconderte en la barbacoa, pues hoy vienen a fumigar el solar por lo del dengue, y si te ven los de la campaña te van a querer exterminar.

—Gracias, chica, en cuanto se vayan, avísame, que tengo que salir a "luchar" algo con estos chavitos que acabo de "resolver".

(Samsa habla con acento cubano, empleando los verbos de moda "resolver" y "luchar", para que la cederista máxima del solar no sospeche su origen checo y piense que vino a apoyar a los disidentes, como han hecho varios de sus compatriotas valientemente, siendo expulsados del país)

Una vez concluida la fumigación, que no le hizo nada a Martina porque recuerden que ella es una cucaracha que sobrevive hasta a las bombas atómicas, bajó de nuevo muy compuesta para ir a la Diplotienda más cercana, evitando así ir más lejos, no fuera a ser que la pisaran y el cuento se acabara abruptamente.

Por el camino iba pensando, ensimismada:

—¿Qué me compraré? ¡Ah!, ya sé, me compraré una licra roja bien apretada, que me haga ver con un poco de la cintura que no tengo....No, no, que me dirán jinetera.

Para cortar el monólogo, porque esto no es un festival del, ni nada que se le parezca, al final Martina Samsa decidió comprarse un MP-3, y se sentó a oír música a la puerta de su cuartico en el solar, sobre una caja vacía de tennis Adidas.

Volvió a venir la presidenta del C.D.R, para advertirle que no se le ocurriera poner en el MP-3 música de Willy Chirino, Celia Cruz, Gloria Estefan ni de Albita, porque todos esos pertenecían a la mafia de Miami, y que mejor pusiera uno de Omara Portuondo.

Como esto último le recordó tanto su pesadilla anterior, decidió escuchar algo de Omara, para no contrariar a la presidenta, pues ya estaba entrando de lleno en lo de la doble moral, a solo unas pocas horas de estar viviendo en Cuba.

Vino a su encuentro entonces Pinocho, que había escuchado toda la conversación, y le dijo, para no salirse del guión:

—Cucarachita Martina, ¡qué linda estás!, ¿te quieres ir para Miami conmigo?

—A ver, ¿qué haces de noche? – le preguntó Martina.

—Bueno, ahora hago una balsa con Pepe Grillo para llegar a la Yuma, pero antes de eso, dormía y esperaba a que el Hada Viagra me hiciera el "milagro".

–No, que no me complacerás, y además, ya me tiraron los caracoles y me salió que si me voy contigo para Miami, la ballena guardacostas nos atrapará y me devolverán a Cuba, por lo de la ley "Patas secas, patas mojadas".

Pinocho se marchó muy compungido, pero de todas maneras se lanzó al mar con Pepe Grillo, su buen amigo, cumpliéndose la profecía de los caracoles, pero eso ya se verá en otra historia.

Pasó el tiempo, y pasó, un aura (tiñosa) sobre el solar, y después de pasar revista y rechazar a varios candidatos que acudieron a ligarla después de enterarse de lo del MP-3, la cucarachita Martina Samsa se preparaba para participar en la fiesta y en la caldosa del aniversario de los Comité de Defensa de la Revolución, cuando llegó el ratoncito Pérez-Roque, ex-canciller de la Ratonera, al solar.

La cucarachita sabía muy bien quién era el ratoncito Pérez-Roque, de tanto que se habló de su destitución en el periódico, y se dispuso a escucharlo con reticencia, debido a su caída en desgracia.

El ratoncito Pérez- Roque quería que la cucarachita Martina Samsa lo pusiera en buenas con Vaclac Havel, el expresidente checo, para ver si conseguía aunque fuera el cargo de embajador de Cuba en Praga después de la rebambarámbara que vendría con la esperada muerte de Fidel, pues la Seguridad del Estado le había informado ya de buena tinta la verdadera nacionalidad de Martina.

–Cucarachita Martina, ¡qué linda estás!, ¿te quieres juntar conmigo? – le espetó el ratoncito Pérez-Roque a Martina, y esta le contestó:

—A ver, ¿qué haces de noche?

—Juego Nintendo— le contestó Pérez-Roque.

Como lo que la cucarachita estaba buscando era instalarse con alguien del "aparato", aunque estuviera tronado, hiciera lo que hiciera de noche, le contestó que sí, que aceptaba juntarse con él, pero no en el solar, como era de suponer, sino en alguna casa por el Palacio de las Convenciones, pero el ratoncito le contestó que, al menos esa noche, tendrían que quedarse en el solar a tomar la caldosa, para no desairar a los vecinos y al comité, ya que él no quería buscarse más problemas políticos de los que ya tenía.

Llegada la hora de preparar la caldosa, no había cebolla ni gas para cocinar, teniendo que encender la candela con unos palos viejos que había por allí, producto de un derrumbe reciente, de lo que se salvó Pinocho al irse para la Yuma en balsa.

Como eran tantos en el solar, y tan "especial" el hambre de los vecinos, la caldosa la cocinaron en un tanque de 55 galones, y la cucarachita, en esta versión del cuento, fue la que se cayó en la olla, por la golosina de la caldosa, pues estaba "partida" del hambre y se encimó demasiado sobre la olorosa sopa de tanque.

Los vecinos, que también estaban "partidos" del hambre, prontamente sacaron a Martina del tanque, como a la mosca cubana que se posó en el cake de boda —pero sin chuparla para quitarle el merengue como a aquella—, la botaron a un lado, y se tomaron la caldosa sin esperar a que hirviera, de lo hambrientos que estaban.

Martina, tirada en un rincón, y observada por un atónito y perplejo ratoncito Pérez-Roque, que veía así desvanecerse sus sueños de instalarse en Praga con Martina después de la muerte de Fidel, no estaba muerta, pero tampoco estaba de parranda, y se desmayó, más por el susto que por las quemaduras, pues ya dijimos que el agua de la caldosa no había llegado a hervir.

Al despertar bruscamente, debido al timbre que alguien tocaba insistentemente en su puerta, la excucarachita y exsalsero cubano se encontró con que había vuelto a ser Gregorio Samsa, el checo, y la experiencia tan "kafkiana" que había "vivido" en Cuba le hizo, después de atender a quien tocaba a su puerta, que era un instalador de la televisión por cable, llamar a su gran amigo Milán Kundera a París, y luego a Vaclac Havel en la misma Praga, para decirles que contaran con él para participar en la campaña pro-derechos humanos en Cuba, y en la lucha por la liberación de los presos de conciencia de la Primavera Negra, para que algún día en la isla florezca de verdad la primavera, como sucede en Praga todos los años desde la llamada Revolución de Terciopelo.

"Pinocho"

Gervasio del Pino ha llegado a la tercera edad sin hijos, y la jubilación que le paga el "estado benefactor" no le alcanza ni para comer una semana, a pesar de que se la aumentaron a 200 pesos cubanos, que en chavitos convertibles no llegan ni a 10, por lo que el ocio y la necesidad lo han llevado a convertirse en artesano por cuenta propia.

Buscando maderas viejas en los numerosos derrumbes que resultan tan interesantes para los turistas –y tan trágicos para los nacionales–, ha encontrado un trozo de pino que le ha inspirado esculpir un niño de tamaño natural, como de 6 años de edad, para que le haga compañía en esas noches de apagones y calor extremo.

Como en la vieja historia infantil, ha trabajado día y noche sin descanso, parando solamente para ir a la bodega a buscar el pan y los escuálidos mandados que le permiten sobrevivir a duras penas, ya que al no haber tenido descendencia, no posee familiares de línea directa en el extranjero que lo salven del rigor soyalista, porque el general del Pino, su sobrino, no puede mandarle dinero por las restricciones a los viajes y a las remesas familiares que el gobierno de Bush ha decretado desde el 2004 en la Yuma para complacer a Pérez Roura y a otras especies ya felizmente en extinción, y sin posibilidades de reproducirse, no tanto por lo viejos como por lo estériles.

Después de varios días de trabajo, ha concluido la elaborada talla del nieto anhelado, y le ha puesto Pinocho, como en el cuento.

Los vecinos del barrio, sobre todo los del "Solar del Reverbero" que está a la vuelta de la esquina de su casa, han estado vigilando muy extrañados el proceder de Gervasio, y han corrido la bola de que este ha perdido la cabeza y que tiene arterioesclerosis, que es el subtitulado criollo para la enfermedad del general alemán casi impronunciable por estos lares.

El pobre Gervasio, desgraciadamente, no está lejos de esas suposiciones, y de verdad está perdiendo la chaveta, llegando a compartir con su nuevo "nieto" el pan diario, el picadillo extendido, e incluso el cerelac, ya que no hay peligro de obstrucción intestinal en alguien con el estómago de madera como Pinocho.

Un mulatico guantanamero huérfano que vive clandestino en el solar, de nombre Usnavy, y que está pasando tremenda hambre en casa de una familia que lo ha recogido, mira desconsolado todos los días por una rendija de la ventana de Gervasio cómo este "dilapida" los escasos alimentos de la cuota con Pinocho, aprovechados solo por las hormigas y las cucarachas que pululan por la habitación, y se le ocurre un temerario plan para engañar al pobre anciano desquiciado y suplantar al muñeco de pino, resolviendo su sobrevivencia, y ganando de paso al abuelo que no tiene.

Aprovechando un apagón de cuatro horas, en que Gervasio tuvo que dejar abierta la ventana para atenuar el calor del verano cubano, Usnavito ha logrado entrar en la habitación de Gervasio, ha sacado a Pinocho por la ventana, donde un cómplice del solar lo recibió para vendérselo como leña a los vecinos -o como talla en madera de algún orisha yoruba a algún crédulo turista-, y ha ocupado el lugar del retoño celulósico de Gervasio.

Como el ocambo dormitaba plácidamente, no se pudo dar cuenta del movimiento cambista, y al venir la luz, y echar a andar el ventilador, la ansiada ráfaga del vetusto "Órbita", sobreviviente de la época en que la isla se movía en el homónimo de la madrastra patria, lo despertó de un sueño maravilloso en que Pinocho cobraba vida, y se iban juntos para los Estados Homónimos (para evitar la redundancia).

Como todas las noches, le puso su vasito de aluminio azul, de cuando en el Coppelia daban agua con el helado en tan higiénico recipiente, lleno de cerelac a Pinocho, y Usnavito esperó pacientemente a que Gervasio se durmiera para tomárselo con gran avidez, durmiéndose también él al poco rato.

Por supuesto que el cerelac le cayó como una bomba a Usnavito, causándole unos retortijones de espanto, y se tuvo que levantar de la camita de Pinocho para ir al baño, despertando a Gervasio con el ruido.

Gervasio se incorporó asustado, pues pensó que eran ladrones, y gritó, descompuesto:

–¿Quién anda ahí?

–Soy yo, Pinocho, que tuve que ir al baño porque el cerelac me ha hecho daño– respondió sin casi pensarlo el pobre Usnavito.

–No puede ser, Dios mío; ¡milagro, milagro!, la Caridad del Cobre al fin me ha hecho el milagro que tanto le he pedido.

Gervasio era un fiel devoto de Cachita, y secretamente le había pedido casi todas las noches que convirtiera a Pinocho en un niño de verdad, como había hecho el Hada en el cuento, pues en la mente extraviada del pobre anciano ya todo era posible.

Al ver que sus planes estaban saliendo tan bien, Usnavito decidió seguirle la corriente a Gervasio, salió del baño y fue corriendo a abrazar a su "abuelo", que casi no podía creer tanta felicidad.

–Abuelo Gervasio, vamos a tener que comprar el litro de leche en la bolsa negra, porque ese cerelac me está matando, y a usted le puede paralizar el estómago– fueron la primeras palabras de "Pinocho"después de "cobrar vida".

–Sí, mi niño, mañana mismo vamos a la OFICODA a darte de alta en la libreta de desabastecimiento, para que nos vendan un litro de leche diario, ya que todavía tú no has cumplido los 7 años, y te toca, aunque la felicidad nos durará poco, porque al cumplir los 7 el gobierno te lo quita– fueron las palabras de Gervasio, experto en dicha libreta después de 50 años de uso ininterrumpido.

Se acostaron a dormir, agotados por tantas emociones, y temprano en la mañana fueron a la OFICODA a inscribir a "Pinocho", pero la compañera Leopoldina, que fue la que los atendió, les dijo que primero tenían ir al C.D.R. de la cuadra para que "Pinocho"se anotara en el registro de direcciones.

Una vez marchados Gervasio y su "nieto", Leopoldina llamó por teléfono a la zona de los C.D.R., para decirles que algo muy raro estaba pasando en el barrio, y que llamaran a la patrulla inmediatamente para que viniera a aclarar la situación.

Mientras tanto, Gervasio y Escobar, digo, y "Pinocho", entraron al solar donde radicaba el C.D.R. Fredesvinda, la presidenta del comité, conocía muy bien la historia de Usnavito, pues había sido amante de su papá antes de que este muriera huyendo de la policía que lo quería deportar para Guantánamo por "palestino", y se dio cuenta enseguida de que Gervasio había perdido la razón, pero decidió seguirle la corriente para ayudar al niño, lo inscribió como "Usnavy del Pino", y le dió a Gervasio el papel correspondiente para la OFICODA.

Idos los "anticerelácticos" para volverse a internar en la Galaxia de la Burocracia Láctea, Fredesvinda cogió un almendrón de 10 pesos, fue al Registro de Direcciones del Carnet de Identidad a ver a su hermana Luzdivina, y sin que nadie las oyera, le contó todo el asunto a la susodicha y la convenció para que inscribiera a Usnavito como nieto de Gervasio en dicho registro, con el argumento supremo de que Gervasio era tío del General del Pino, y que había que estar en buenas con ellos por lo que se pudiera presentar en el futuro, pues ya el coma no es andante desde el 31 de julio, gracias a Yemayá y a todo el Panteón Yoruba, del cual ambas son devotas.

Al llegar a la OFICODA de nuevo, ya la policía estaba allí, pero dio la casualidad que el chofer del Lada madrina, digo, patrulla, era el mismo policía que había provocado la muerte del padre de Usnavito, al caerse este desde una azotea cuando lo estaba persiguiendo para deportarlo para Oriente.

Celedonio –que era el nombre del policía– trató de convencer a Leopoldina para que no escarbara más en el asunto, y así poder ayudar al hijo de su involuntaria "víctima", diciéndole que los papeles que traían Gervasio y Usnavito estaban en regla, pues eran los documentos oficiales del C.D.R. de la cuadra y del Registro de Direcciones del Carnet de Identidad, pero Leopoldina, que era parienta directa de Teté Comité, no se tragó la píldora tan fácilmente, y siguió argumentando que allí había gato encerrado.

Celedonio, exasperado ante la tozudez de la esbirra, le recordó que su hermana Martirio vendía durofríos sin licencia del gobierno, y que su entenada Natividad era jinetera en el Vedado, ante lo cual Leopoldina cedió, pero con una condición: una comisión médica debía "evaluar" la salud mental de Gervasio, para determinar si este era capaz de cuidar a Usnavito y velar por su educación.

Cerrado el trato con Leopoldina, a los tres días Gervasio fue entrevistado por la dichosa comisión, que, luego de escuchar su historia de cómo Pinocho se convirtió en un niño de verdad, lo declaró insano y no apto para atender a Usnavy, el cual escuchó el veredicto desolado.

Entonces Eulogio Cáceres-Manso, el jefe de la comisión, decidió engatusar al niño con que lo iban a mandar a estudiar a la Isla de la Juventud, un paraíso donde los muchachos como él se iban a convertir en verdaderos "hombres nuevos", alternando el estudio con el trabajo, y con fiestas todas las noches, comiendo y bebiendo mejor que en la capital, logrando así convencerlo para que abandonara a Gervasio.

Partió así Usnavito para la llamada "Isla de la Juventud", creyendo que iba a estar mucho mejor que en La Habana, y en el viaje en la lancha rusa Kometa, que se rompió dos veces por el camino, y al final tuvo que ser remolcada hasta Nueva Gerona por un viejo barco con un motor norteamericano de más de 50 años de uso, conoció a otro becado que regresaba de pase, de nombre José Pérez, que parecía un grillo de lo flaco y desnutrido que estaba.

El "grillo" le contó que en las escuelas en el campo de la isla se pasaba un hambre tremenda, y que de paraíso nada, por lo que a Usnavito le empezó a pesar el haber abandonado a Gervasio tan rápido, sin siquiera meditarlo.

Una vez desembarcados en Nueva Gerona, la capital de la "Isla de la Fantasía al Revés", Usnavito fue enviado a la misma escuela en el campo donde estudiaba Pepe, y ya desde el primer día lo mandaron a trabajar al campo, desde las 7 de la mañana hasta las 12, recogiendo naranjas, no sin antes ser advertido por el director de que no se podía comer ninguna porque eran para la exportación.

Después de estar trabajando tres semanas como burros en el campo, mal alimentados, sin las fiestas prometidas, y estudiando en la tarde con maestros mediocres que estaban castigados en la Isla por haber cometido alguna falta en sus localidades de origen, Usnavy y Pepe se habían hecho muy amigos, y todos los días hacían planes para escaparse de la escuela y abandonar la Isla.

Pepe, que en vez de ser un grillo, lo que en realidad era tremendo gusano, convenció a Usnavy para irse para los Estados Unidos en balsa, aunque estaban conscientes de que se encontraban muy lejos de la Yuma, por lo que debían regresar a la isla grande primero, y viajar hasta la costa norte después, para entonces allí poder construir la balsa con que pensaban llegar a las playas yumáticas.

Se escaparon de la escuela una noche sin luna, para que nadie los pudiera ver caminando por la carretera desde lejos, y saliera a detenerlos, y después de varias horas sin parar, llegaron a Nueva Gerona, donde tendrían que viajar en barco hasta el Surgidero de Batabanó, en el sur de la provincia de La Habana.

Milagrosamente, se pudieron colar como polizontes en el viejo ferry que hace la travesía entre las dos islas, y llegaron al Surgidero al atardecer del otro día.

Usnavy y Pepe no conocían a nadie allí, pero vendieron la poca ropa que llevaban en la mochila y un par de zapatos usados de Pepe que estaba en buen estado todavía, y lograron reunir el dinero del pasaje de los dos en la ruta 38 hasta la Lisa, ya en Ciudad de La Habana.

Una vez en la Lisa, Pepe recordó que uno de sus tíos a cada rato preparaba un carro americano como lancha para llegar a Miami, y que lo habían devuelto ya dos veces a Cuba haciendo el intento, y decidió ir a verlo a Santa María del Rosario, donde residía, para ver si andaba organizando el tercero, que dicen que es donde va la vencida.

Al llegar, se sorprendió mucho al ver que en esos momentos su tío estaba trabajando en un gran auto ruso marca Chaika, de los que durante muchos años habían estado al servicio de Fidel, para prepararlo para la travesía marina.

—Mijo— le dijo su tío Liborio—, ya que ni la Buick ni la Ford se han interesado en lo que yo he hecho con sus carros, haciéndolos flotar, ahora, para joder, estoy preparando este carro ruso, que en realidad es una mala copia del Packard americano del año 1955, para llegar a los Estados Unidos, y sorprender tanto a los de aquí como a los de allá, que nunca habrían esperado ver esta reliquia de la época soviética navegando por el estrecho de la Florida.

Usnavy, admirado, le preguntó que cómo lo había podido conseguir, y Liborio le contestó que se lo cambió al administrador del rastro estatal donde lo tenían guardado por dos cochinos cebados y por tres gallos para brujería, porque el hombre se iba a hacer santo en esos días.

—No, y no sabes nada —continuó Liborio—, también me quería vender un yipón ruso marca Uaz, un Lada limosina y un taxi Volga, pero ya eso iba a ser una coproducción cubano-exsoviética llamada "Moscú no cree en lágrimas negras", cantando "en Lada me voy mi santa, aunque me cueste morir", y decidí no apretar y limitarme solo al Chaika. Claro, que si el guardacostas nos vuelve a interceptar con los pies mojados y nos vuelve a devolver, valga la re, entonces sí voy a preparar la flotilla completa, y hasta un camello Alamar-Parque de la Fraternidad cargado de pasaje, para ver qué pasa.

La verdad es que a medida que fueron pasando los días, el Chaika flotante fue tomando forma y quedó de lo más elegante, al punto de parecer que era más para una boda que para un viaje a Miami, por lo que decidieron organizar una de mentiras para despistar al C.D.R., a la policía y a la Seguridad del Estado, los terribles cancerberos del pueblo cubano, y poder comer *cake* y bocaditos, y tomar cerveza y refrescos de paso, pues en Cuba a los que se van a casar el estado les vende esos productos tan inusuales en la vida cotidiana del cubano sin chavitos, que son la mayoría.

La pareja escogida para la boda -que por cierto tenía que ser por papeles porque si no la OFICODA no autorizaba la venta del *cake* ni de la cerveza y demás "raros" productos-, fue la de una sobrina de Liborio, llamada Yudisleidis, con un muchacho del barrio que estaba loco por irse del país, de nombre Yurnoidel, como fiel representación del "hombre nuevo" de Fidel, por lo menos en lo que a nombres se refiere.

Yudisleidis y Yurnoidel se prestaron gustosos para la farsa, cuya luna de miel sería en Miami, en el mejor de los casos, o en el guardacostas norteamericano, en el peor, y los vecinos no cabían en sí de la alegría, porque iban a poder comer *cake* y bocaditos gratis.

No obstante el azaroso viaje que les esperaba, como buenos cubanos fiestaron y bailaron hasta las dos de la madrugada, y a esa hora partieron todos en el elegante Chaika para la luna de miel en Miami (o en el escampavías yuma, al menos).

La verdad es que la policía no los detuvo por el camino, pues pensaban que era un auto oficial del Consejo de Estado, y así pudieron llegar hasta Matanzas, desde donde agarraron ya navegando para Miami.

Ya en Cayo Hueso, divisaron un pedazo de puente llamado el Puente de las 7 millas, y decidieron recalar allí para acogerse a la ley "pies secos, pies mojados", pues ilusamente pensaron que habían arribado a territorio norteamericano.

Cuál no sería su sorpresa cuando se apareció un guardacostas que tenía el nombre del "nieto" de Gervasio en los dos costados, es decir, USNAVY, y los obligó a subir a bordo, cual la ballena gigante que se tragara a Pinocho y a Pepe Grillo en el cuento infantil.

Resulta que el puente de las 7 millas de pronto ya no era territorio norteamericano, por lo que no procedía la parte seca de la ley, así que deberían ser devueltos a Cuba.

Afortunadamente, la prensa de Miami se enteró enseguida del asunto, y 4 helicópteros comenzaron a sobrevolar el guardacostas y el pedazo de puente sin bandera, y pronto la noticia le dio la vuelta al mundo, con la foto del Chaika flotante incluida, por lo que el presidente ruso Vladimir Putinio llamó urgentemente a George Bush para decirle que deseaba conservar el auto para el museo de ciencias ruso, y que si el trozo de puente no era territorio americano, la Federación Rusa podía colonizarlo y nombrar a los tripulantes del Chaika ciudadanos honorarios del mismo.

Por otra parte, Liborio pudo hacer declaraciones a la prensa y manifestó que si lo devolvían a Cuba otra vez, en el próximo intento iba a materializar el proyecto "Moscú no cree en lágrimas negras", con el camello Alamar-Parque de la Fraternidad lleno de pasaje incluido, y el presidente del Movimiento Democracia, Ramón Saúl Sánchez, amenazó con hacer un ayuno frente a las oficinas del congresista Lincoln Díaz Ballart, tomando nada más que el celerac cubano, del que los chaikanautas traían una buena provisión, a falta de algo mejor.

El presidente Bush, atosigado por el desastre de la guerra en Iraq, la pérdida de la mayoría republicana en el Congreso y el secreto de estado de la salud de Fidel, convocó a una reunión urgente del Consejo de Seguridad Nacional para analizar la explosiva situación, pues para complicar aún más la cosa, la Cruz Roja Internacional emitió un comunicado mundial diciendo que si Ramón Saúl se tomaba el cerelac, iba a morir en cuestión de unas horas, y que la comunidad internacional debía impedir su muerte a toda costa.

Como Bush ya sabía muy bien que el líder de Democracia cumplía siempre lo que decía, y que Vladimir Putinio era de armas tomar, decidió, para resolver la situación, detener la devolución a Cuba y nombrar al general del Pino como su representante personal, para que viajara a entrevistarse con los cubanos del puente, disuadiera a Ramón Saúl de lo del cerelac, y negociara con el excamarada Putinio lo del envío del Chaika a Moscú para exhibirlo en el museo que este quisiera.

Haciendo un aparte en todo este embrollo, el autor quiere destacar que el plan de Liborio de usar un Chaika en vez de un Chevrolet , como ya habrán podido notar los lectores, fue todo un éxito, lo que muestra, una vez más, la poca visión e imaginación de los fabricantes norteamericanos de autos, y explica, en parte, que la Toyota los tenga arrimados a la pared.

Por cierto, que como autor le voy a sugerir a Liborio que en el próximo intento emplee un Corolla para que el

Japón intervenga en el asunto, y se amplíe el conflicto a ruso- norteamericano - japonés.

Bueno, como en un cuento de Pepito, Pepito le contó al general del Pino toda la historia de "Pinocho", porque a Usnavy le dio pena, y del Pino, conmovido al tener noticias de su tío Gervasio, consideró a Usnavito como de la familia, y con mayor ahínco aún le recomendó a Bush aceptar a los puenteros en los Estados Unidos, no hundir el Chaika en el mar, evitando lo sucedido con los carros norteamericanos flotantes, prohibir el consumo de cerelac en los Estados Unidos, y modificar la ley "pies secos-pies mojados", como era el deseo de Ramón Saúl y de la inmensa mayoría de los cubanos a ambos lados del estrecho de la Florida, para que no devolvieran a los balseros que alcanzaran aguas norteamericanas.

Bush, aliviado, emitió un comunicado de prensa, diciendo que el puente sí era territorio norteamericano, por lo que los chaikeros tenía derecho a ser aceptados en los Estados Unidos; declarando ilegal el consumo de cerelac en el país, y dando a conocer que el pueblo norteamericano, con el visto bueno del exilio cubano de Miami, le obsequiaba el Chaika flotante a la Federación Rusa.

Lo de modificar la ley en disputa no se logró, pero tanta dicha hubiera sido ciencia ficción, y ese no es el género del presente relato.

Una vez que la ballena-guardacostas estornudó, debido a la candela que entre todos lograron armar en su exterior, soltando a los cubanos que tenía retenidos en su interior, Usnavito y Pepe Gusano fueron recogidos por el general del Pino, y lo primero que hicieron fue ir a una agencia de envío de dinero a Cuba, para mandarle trescientos dólares a Gervasio.

Y colorín, cualquier color menos colorado, este cuento, por ahora, se ha acabado.

"¿Saldrá la bella durmiente del coma?",
o
"La escandalosa boda de Aurora",
según gustéis.

Reinaldo Reymena y Reina María del Castillo son un matrimonio de muchos años que no ha podido tener hijos, por lo que han decidido adoptar, ya que cuentan con una desahogada posición económica en España que anhelan no dejar sin heredero, evitando así que a su muerte su fortuna pase a poder del estado español.

Los Reymena y los del Castillo fueron de las familias bayamesas que prefirieron quemar la ciudad antes que devolverla al poder de los españoles cuando Céspedes inició la Guerra de Independencia de Cuba en 1868, y parece que algo de eso han heredado sus descendientes; además de que Reinaldo, antes de abandonar Bayamo en 1968 para partir hacia la Madre Patria, aserró las vigas de madera principales del puesto de fritas que los comunistas le intervinieron en la "Ofensiva Revolucionaria" de ese año fatídico, y a los dos días de su partida "todo se derrumbó", como dice la canción de Emmanuel.

Después de muchas indagaciones navegando en Internet, han encontrado a una mujer, de nombre Ada Lilia Madrigal, que desea poner en adopción a su bebé cuando nazca, el cual, según el ultrasonido que ya le han hecho, será del sexo femenino, y como Reina María prefiere adoptar a una niña para ponerle Aurora, como la princesa del cuento infantil que tanto le gustaba en su infancia, ese ha sido el elemento que les ha decidido a entrar en negociaciones con Ada.

Después de decenas de correos electrónicos, y de contratar a un abogado para que prepare un contrato de adopción que no deje lugar a sorpresas desagradables en el futuro –por si a Ada le diera por querer recuperar a Aurora–, han cerrado el trato para adoptar a la niña en cuanto nazca, decididos a criarla como a una verdadera princesa, claro que en una nueva versión "digital", en que la princesa resultó ser adoptada e hija de Ada.

Concluidos todos los trámites oficiales -que hubieran sido aún más fáciles si los padres hubieran sido del mismo sexo, ya que esta historia transcurre en la España que ya no anda descalza, porque ha encontrado a su Zapatero-, Reinaldo y Reina María han decidido echar la casa por la ventana para el bautizo de Aurora, que ha resultado ser una bebé preciosa, cual hermana del hijo de la Luna que cantan y encantan las voces tan humanas del Grupo Mecano, pero, por supuesto, han decidido no invitar a Ada.

En plena fiesta de bautizo –a la que fue invitada Paulina Rubio, con la condición expresa de no cantar; Sarita Montiel, con igual condición, y Pepe al cuadrado, el Príncipe mexicano de la canción, al que se le pidió ni hablar, lo cual ha escandalizado a los editores de la revista *Hola*, que los adora–, se ha aparecido una gitana espantosa, de nombre María Elena Federica, a la que sus allegados del campamento llaman "la tía Maléfica", que resultó ser la verdadera madre de Ada, pues esta había "maquillado" su árbol genealógico en la Internet, diciendo que su madre había sido una princesa rusa emparentada con Chaicovski, en cuya bisabuela este se había inspirado para componer la música del ballet con el tema del cuento, y les ha echado una maldición gitana, valga la redundancia, porque no la habían invitado ni a ella ni a su hija al bautizo de Aurora.

La maldición gitana en cuestión fue, para espanto de los padres adoptivos y de la *jet set* invitada, que Aurora sería lesbiana, y que moriría a manos de una amante celosa cuando cumpliera la mayoría de edad, pero, afortunadamente, Ada, que había seguido a su madre sigilosamente porque sospechaba que esta tramaba algo tremebundo, intervino prontamente para decir que ella se avergonzaba de lo que había hecho su madre, y que si había renunciado a criar a Aurora había sido para alejarla de la maldad y la mala influencia de aquella, ampliamente demostrada con su reciente maldición, y que ella, como adivina y hechicera que también era, podía atenuar lo profetizado con tan mala leche por Maléfica, limitándolo a que Aurora sería bisexual, y que, en vez de morir, entraría en estado de coma cuando cumpliera los 18 años, pudiendo ser despertada solamente por un amante también bisexual que se casaría con ella.

En medio de toda la confusión generada por la maldición y la contramaldición de ambas gitanas, Paulina Rubio, al escuchar la palabra "bisexual", desapareció prontamente de la fiesta, con su **Colate**-ral colgado a su vera, y Sarita se acordó de su Tony, maldiciéndolo también a su vez, pero José José se limitó a servirse otro trago, diciéndole a *su* Sarita, no a la Montiel, que en México esos temas no se trataban en las telenovelas de Televisa, y que España estaba echada a perder, calzada con esos zapatos unisex que le había regalado el zapatero de La Moncloa.

Como la fiesta se acabó como la fiesta cubana del Guatao, Reinaldo y Reina María, al quedarse solos, se dijeron, conmocionados, que había que evitar a toda costa que se cumpliera la maldición de la abuela-bruja, por lo que, durante varios días, estuvieron elaborando un plan ejecutivo para obstaculizar los oscuros designios de la misma.

El plan de medidas fue el siguiente:

1. Desaparecer las sartenes de la casa, como se hizo con las ruecas en el cuento infantil original, aunque la familia y la servidumbre tuvieran que renunciar a la tortilla española que tanto les gusta.

2. Matricular a la niña en una escuela de ballet en cuanto pudiera caminar, ya que, según los errados prejuicios de Reina María, las ballerinas no eran lesbianas, sino más bien "asexuales', según el testimonio de Guillermo Cabrera Infante, ganador en 1997 del premio Cervantes de Literatura, después de acostarse con una bailarina del Ballet de Alicia Alonso antes de casarse con Miriam.

3. Regalar a los amigos los discos compactos de Denise de Kalaf, Lucecita Benítez, Ana Gabriel, y de la mayor cantidad posible de cantantes pertenecientes al cuerpo de bomberas de la canción latina.

4. Enterrar o quemar los cassettes, discos y cds de Sara González que tenían en la casa, ya que

a Reinaldo le gustaban algunas canciones de ese engendro, así como cualquier foto o referencia de ella que apareciera en revistas y periódicos cubanos o españoles, para que no cayera en manos de Aurorita.

El autor de esta versión hispano-cubana de *La bella durmiente del bosque* quiere ahora intervenir para señalar lo contraproducentes de estas medidas, pues lo prohibido ejerce siempre una mayor atracción que lo aceptado, y parece mentira que Reinaldo y Reina María hayan vivido en Cuba, donde Luis Pavón, el parametrador del Consejo Nacional de Cultura, marioneta del titiritero en jefe, prohibió a Los Beatles, a Julio Iglesias y a Feliciano, entre otros muchos, logrando solo con ello afianzarlos aún más en el gusto popular; pero bueno, el hombre es el único animal que tropieza dos veces con la misma piedra, como tan bien lo han demostrado los animales venezolanos, nicaragüenses, bolivianos y ecuatorianos, ya que si los alemanes, que son la variante más dedicada del animal humano, no lograron en el este de su país que el socialismo superara al capitalismo, dudo mucho que los sudamericanos lo logren, y que me crucifiquen por decir algo tan políticamente incorrecto, pero es lo que pienso con toda sinceridad y convencimiento.

Y ya para regresar a nuestra historia, un último comentario sobre la paradoja de que buena parte del exilio llamado histórico, que le echa en cara a Fidel la U.M.A.P. y la persecución de los homosexuales en la Cuba castrista, continúa siendo homófoba fuera de la isla, tal y como se están comportando Reinaldo y Reina

María en el momento en que paramos la historia para hacer este aparte.

Desaparecidas las sartenes del reino de Reinaldo y Reina María, regalados los discos del cuerpo de bomberas de la canción latina, y quemadas las grabaciones de Sara González, Reina María esperó con impaciencia el momento en que Aurorita cumpliera la edad requerida para comenzar las clases de ballet, y cuando este momento llegó, acudió a la academia de la gran bailarina cubana Rosario Suárez - "Charín"-, que se había radicado de nuevo en Madrid huyendo de Miami, para matricularla, pero ese día Rosario estaba en sus días, dedicada a cultivar el desorden de comportamiento bipolar del cual es una de las precursoras y más fiel exponente en el mundo de la danza, y Aurorita le dijo que no le gustaba la cara de angustia que la maestra tenía ese día.

Entonces, fracasada esta primera tentativa, fueron a ver a Maya Plisétskaya, pero esta les dijo que no le daba clases a niñas cubanas, porque todavía no se le había olvidado que los críticos norteamericanos habían elogiado más la Carmen de Alicia que la suya, a pesar de que Alberto Alonso había creado ese ballet especialmente para ella en el Bolshói.

Al fin logró matricularla en la academia de Laura Hormigón, que en concreto, perdón la redundancia, había estudiado ballet en La Habana, y pertenecido al Ballet Nacional de Cuba durante varios años, bajo las órdenes de la prima-hermana absoluta de Fidel, la gran Alicia Alonso, la mejor Carmen y la mejor Giselle del

Siglo XX, pero desgraciadamente ciega por partida doble.

La Hormigón, que fue una bailarina correcta a lo María Elena Llorente, resultó ser una maestra excelente, dedicada y paciente, que pronto se ganó el cariño de la pequeña Aurora, que siempre iba a sus clases de ballet gustosa.

Y así fueron pasando los años, y Aurorita llegó a la escabrosa etapa de la adolescencia, para terror de sus padres, que no olvidaban ni un solo día la maldición de la vieja gitana.

En los 15 años transcurridos desde el nacimiento de Aurorita en el 2006, si bien en lo familiar todo había marchado sin grandes contratiempos, en lo social y en lo político sí habían ocurrido grandes sucesos, para enseñanza de la mayoría de los pueblos latinoamericanos, que habían mirado para el otro lado durante los más de 50 años de dictadura castrista, sin ponerse nunca en el lugar de los cubanos.

Afortunadamente, Fidel y Raúl eran ya sombras nada más, y Cuba estaba más próspera y bella que nunca, con un gobierno democrático, pluripartidismo y estado de derecho consolidados, al punto de que había roto relaciones diplomáticas con la pobre Venezuela de Chávez, que a estas alturas todavía continuaba en el poder, con libreta de racionamiento incluida, y con un exilio combatiente en el Doral y en Westonzuela, Florida.

Venezuela, Bolivia, Ecuador, Nicaragua, Argentina y Uruguay han conformado la Unión de Repúblicas Socialistas Sudamericanas, remedando a la vieja

U.R.S.S., con la capital en Cacú, el nuevo nombre que el coronel bovino-bolivariano le quiso poner a Caracas.

De más está decirles a nuestros amigos lectores que a estas alturas ni la izquierda española más trasnochada cree en el socialismo, pues Nochave se ha encargado de darle la última patada a la lata, y alrededor de la nueva U.R.S.S. hay hasta alambradas y una gran muralla bolivariana para evitar que los habitantes de ese "paraíso" se escapen a otros lugares "menos afortunados", sin tanta "felicidad".

Como nota curiosa, les diremos que los presidentes de Cuba desde el 2013 hasta este 2021 que transcurre han sido los siguientes:

1-Martha Beatriz Roque (2013-2017)

2-Carlos Alberto Montaner (2017-2021)

Aurorita ha ido varias veces a Cuba a perfeccionar sus estudios de ballet, pues la reconocida tradición de la escuela cubana no perdió y todavía Alicia –que cuando anunció que viviría 200 años nadie le creyó– sigue al frente de la compañía.

La fiesta de 15 de Aurora ha sido a lo cubano, con las acostumbradas 15 parejitas haciendo coreografías, y 15 cambios de ropa, sobre todo para complacer a Reina María, que continúa siendo tan cursi y prejuiciada como antes, y para alegría de los orgullosos y a la vez temerosos padres, Aurora tiene hasta un novio deportista venezolano, que desertó de la nueva U.R.S.S. durante las Olimpiadas "La Coruña 2020", cuyo nombre es Fernando Adolfo, que extrañamente no parece ni metrosexual, pues los venezolanos con estudios siempre han tenido la tendencia a ser "sifrinos", y este no actúa como tal.

Pasada la dura prueba de la llegada a los 15 años sin accidentes, y sin que el vaticinio del uso de la sartén para cocinar el amor se haya hecho realidad, los siguientes tres años por venir se tornaron cruciales, pues la maldición de la abuela gitana había sido precisamente que a los 18 tendría efecto el maleficio.

Paralelamente al afianzamiento del imperio del socialismo chavista en Centro y Sudamérica, Europa, a su vez, se había "arabizado" notablemente en estos años, para emplear una palabra amable, pues con la entrada de Turquía en la Comunidad Ocamba, hasta una media luna hubo que agregar a su bandera ya tan multiestrellada.

La E.T.A. se ha aliado con Al Quaeda, y todavía en el 2021 continúan haciendo atentados terroristas para lograr que se declare el árabe y el uso del velo como algo oficial en la Madre Patria, a la que ahora quieren convertir también en odalisca.

Exactamente el día en que Aurora cumplía los 18, y en que va a debutar como bailarina profesional en el Ballet Clásico de España, interpretando precisamente el rol protagónico de *La bella durmiente del bosque*, los terroristas han decidido poner una bomba en el teatro, justo en el foso de la orquesta, y la han hecho estallar en el último acto, cuando la pareja central estaba bailando el *pax de deux* final, en que ella salta a los brazos del bailarín, y este casi barre el piso con su cabeza.

La bomba ha destruido el foso donde están los músicos, y el estruendo ha hecho que el *partenaire* de

Aurora, en el momento en que la coge al vuelo, la haya dejado caer abruptamente contra el piso, haciéndole perder el conocimiento.

Reinaldo y Reina María han corrido desde la platea hacia el escenario, al igual que el novio venezolano, y este ha llamado prontamente a la ambulancia, que ha acudido sin demora, para internar a Aurora en una clínica de las mejores de Madrid, de la cual no diré el nombre pues no han querido pagarme la publicidad.

Aurora lleva ya una semana en estado de coma, y sus padres han decidido contratar a una joven y femenina enfermera, de nombre Anais, para que la cuide permanentemente hasta que despierte, pues ya llevan varios días sin dormir y no pueden más, al igual que el novio.

La esperanza que los sostiene es la contramaldición de Ada en el bautizo, aunque la tortilla venga convoyada con el despertar, pues adoran tanto a su hija que ya Reina María y Reinaldo han participado por tres años consecutivos en la "Marcha por el Orgullo Gay" en Madrid, para irse preparando para lo que pudiera venir.

Efectivamente, la enfermera, a pesar de su aspecto de putón de zarzuela, juega para los dos bandos, y después de dos meses vigilando el coma de Aurora, ha decidido comérsela en el mismo hospital, pero antes de hacerlo, ha llamado al viejito Almodóvar para que le ceda o le venda los derechos de autor de su película *Hable con ella*, para que luego no la vayan a acusar de plagio.

Almodóvar, que todavía no está a las órdenes del General Alzhaimer, ha accedido, complacido de que las nuevas generaciones todavía se acuerden de él, y de que el tema de su película, aunque invertido, siga motivando a los jóvenes.

La única objeción del segundo mejor producto manchego después del queso ha sido que, como dice la vieja canción de Pablo Milanés, interpretada por Massiel, "antes de hacerlo, hay que pensarlo muy bien", y que Anais debe hablarle mucho primero a Aurora como en la película antes de "meterle mano".

Anais le ha contado a esta su vida y la de sus padres, y cuando ha agotado ese repertorio, se ha puesto a leerle discursos de Fidel y de Chávez, pero lo ha suspendido al comprobar que esto la entontece aún más, y que hasta su ritmo cardiaco disminuye, por lo que ha cancelado esas lecturas tan nocivas.

Una noche en que se ha quedado de guardia con Aurora, y que la ha bañado y perfumado con esmero, no pudo resistir la tentación de acariciarla en sus partes íntimas, y luego se desnudó y frotó su sexo con el de la bella durmiente, haciendo lo que técnicamente se le llama una tremenda tortilla, nombre inexplicable ya que no se usan los huevos para hacerla.

En el mejor momento culinario (y bollístico y tetístico también), Fernando Adolfo, que atisbaba en la oscuridad espiando el proceder de Anais con su prometida, ha irrumpido en la habitación, decidido a eliminar el absurdo de hacer una tortilla sin huevos, y se ha incorporado a la coreografía, pero en el plano horizontal, aportando su chorizo también.

En fin, que ardió Troya en esa clínica madrileña, como si fuera la guagua cubana que desconcertó al académico de Carlos Ruiz al consultar el diccionario de la Realísima.

Aurora, entre la tortilla y el chorizo, despertó del coma ante tanto placer, en el justo momento en que ya todos los cocineros se habían venido, y su papaya parecía de verdad una sartén.

Haciendo un aparte necesario, creo que como autor debí llamar a Pedro Juan Gutiérrez antes de escribir esto, para que me autorizara a plagiar su *Trilogía sucia de La Habana*, trasladándola a Madrid, con el argumento de que aquí el chorizo y la tortilla se saborean mejor que en la isla, cosa que, en verdad, no es verdad.

Bañada Aurorita de nuevo, esta vez por su propia mano ya despierta, quedaron los tres en repetir pronto la experiencia, y Anais llamó a los padres de la bella desencamada para que supieran la buena nueva.

La alegría y la esperanza llenaron de nuevo los atribulados espíritus de Reinaldo y Televisa, perdón, de Reina Thalía; ¡horror, me he vuelto a equivocar de nuevo otra vez!, ya que su sueño era ser abuelos algún día, pero sin usar la adopción, porque temían que una madre musulmana embaucara a Aurora, y la nieta acabara usando velo y bailando la danza del vientre como la anciana Shakira, que por esta época era como una versión tecno-árabe de Tongolele.

Aurorita y Fernando Adolfo accedieron a casarse enseguida, pues le atinaron desde la primera vez, y no querían que el vientre se abultara visiblemente antes de la danza nupcial, pero primero se volvieron a acostar con

Anais, repitiendo el placer "culinario" que habían descubierto en el hospital.

Tanta fue la entrega y el disfrute, que Fernando Adolfo accedió a ser penetrado por Anais, que empleó para ello un aditamento conocido científicamente en la más reputadas universidades del sexo como consolador.

Como estamos en el 2021, los lectores se podrán imaginar que ya esa generación timorata que jugaba dominó en la calle 8 de Miami oyendo Radio Mambí se fue del aire hace bastante rato, y que en Europa, deschaves y arabeos aparte, la sexualidad está más que liberada, por lo que el trío del placer decidió hacer una boda tripartita, con una cláusula incluida que permitía fantasías y cuartetos, ya que a los tres se les había antojado probar a un negro cubano para gozarlo en todas sus variantes.

La boda de Aurora, Anais y Fernando Adolfo fue por todo lo alto, como aquel lejano bautizo en que se pronunció la maldición, y Carlos Alberto Montaner, amigo del matrimonio Reymena- del Castillo desde su juventud, y presidente de Cuba en esos momentos, asistió a la ceremonia, que tuvo así un carácter de boda de estado por partida doble, porque el trío espera su primer bebé en 8 meses a partir de esta fecha.

Pobres cisnes del Laguito

María Antonieta Cisneros es una joven "de buena posición" —como se acostumbraba a decir en aquellos lejanos años cuarenta en que comienza esta historia— que reina en la alta sociedad habanera, y que es famosa, entre otras cosas, por los fastuosos bailes de disfraces que celebra en su mansión del reparto Siboney.

La agraciada joven es también amante del ballet clásico, y su ballet preferido es *El lago de los cisnes*, por lo que ha decidido ponerle a su primogénito Sigfrido, como el príncipe que se enamora de Odette.

El problema es que a Marieta, como la llaman sus allegados, no le parece bien ningún hombre para que la ayude a "fabricar" a su "Sigfrido"; unos por ser muy brutos —a pesar de su dinero—; otros por el color sospechoso de su piel, que le hacen temer que su príncipe salga negro, terrible pecado en esa isla que mastica pero no traga a Batista por ser mulato, aun antes del 10 de marzo del '52, y como en esa época todavía no se ha inventado la fecundación *in vitro* ni la donación de semen, la cosa está color de hormiga, ya que sin espermatozoides no hay Sigfrido.

Para rematar, Marieta sueña con que su retoño se apellide Lago Cisneros, por lo que su contrincante para engendrar al heredero tiene que pertenecer también a ese clan lacustre.

Para despedir el viejo año de 1939, organiza, como todos los años, un gran baile de disfraces, en el que es

78

imprescindible asistir caracterizado como uno de los personajes de los viejos cuentos infantiles, o de los grandes ballets clásicos.

Como es muy quisquillosa y perfeccionista, en cada invitación ha precisado el personaje que ella le recomienda a cada quien para que no vaya a haber repeticiones; es decir, dos Caperucitas, catorce enanitos, tres Pinochos o cuatro Blancanieves, y evitar así que se arme un arroz con mango del demonio.

Ella, a su vez, ha decidido disfrazarse de Odette, el cisne blanco de su ballet-fetiche, y le ha enviado una invitación al joven heredero de la famila Lago, dueña del nuevo y aristocrático reparto El Laguito que se está construyendo en esos días hacia el oeste de la capital, para que asista disfrazado de Sigfrido, así que los dados para "cocinar" a Sigfridito están ya echados.

Ese treinta y uno de diciembre de 1939 lo que más vale y brilla en la sociedad habanera se dio cita en el palacete de los Cisneros, y fue en esa fiesta donde a Walt Disney, que también fue invitado, se le ocurrió la idea de crear *Magic Kingdom*, al ver tantos personajes fantásticos allí reunidos, pero nunca le quiso reconocer el *copyright* a Marieta, que en honor a la verdad, en esos momentos no estaba puesta para eso, sino para engrampar a su tan ansiado proveedor lacustre de esperma.

El mencionado y anhelado galán, de nombre Luis, como el rey sol francés, también era algo excéntrico como Marieta, por no decir un poco "kimbao", esa palabra cubana tan oportuna para designar a los que tienen alguna tuerca floja, y ha escuchado algo de que Marieta está buscando un marido rico, culto, blanco, y que sea de apellido Lago, por lo que ha aceptado la invitación como un reto, para ver si hay química con Marieta, y ambas fortunas se complementan (y se aumentan).

Luis es el hijo número dieciséis de su padre, pues a este la locura le dió por las mujeres, y por recitar las tablas de multiplicar a toda hora, multiplicándose él mismo también varias veces.

La abuela de Marieta, a su vez, es Isabel Lincheta, la rival de Cecilia Valdés en la novela, que, dato inédito que proporcionamos por primera vez en esta historia, enloqueció después ser asesinado Leonardo por Pimienta, y se metió a puta, aunque esto es un secreto tan bien guardado, que solamente lo supo una prima de Cirilo Villaverde, que la conoció en el bayú donde trabajaron juntas, y luego se fue como monja a España, a colaborar "francamente" contra la República en 1936.

La madre de Marieta, salvo su obsesión con la Revolución Francesa, con el Palacio de Versalles, y con su ayuda de cámara haitiano, con el que habla en creole, ya que ninguno de los dos le atina al francés, sí salió bastante normalita, y no le dió por la putería como a su antepasada del ingenio.

Los Cisneros han contratado a dos orquestas para amenizar la velada, cuyos músicos son, junto con el indio Hatuey de la cerveza que corre como un río, los únicos oscuritos presentes en el gran rumbón de fin de año, aunque hay varios tapiñados haciéndose los blancos gracias a su dinero, que es el mejor anteojos y protector solar que existe.

Al comenzar el baile, Luis XVI ha sacado a bailar a María Antonieta, y la guillotina de la lengua de los chismosos habaneros presentes en el sarao pende sobre sus cabezas, lista para arrancarles las tiras del pellejo, como se acostumbra a decir en la no siempre fiel isla para denominar a las murmuraciones mal intencionadas del vulgo.

El primer milagro no tardó en producirse, pues han bailado la primera pieza sin darse ningún pisotón, lo cual es tremendo logro y adelanto en una relación de pareja.

Como esto no es una telenoverla de Telemundo ni del Canal de las Estrellas —llamado también "Teleenvicia"–, ambos para embrutecer aún más a los sin visa que pasan de mojados, vamos a adelantar el casete un poco hasta llegar a la fiesta del cumpleaños 18 de Sigfrido, el treinta y uno de diciembre de 1958, pues sus padres se comprometieron en aquel baile de disfraces, se casaron tres meses después, y Sigfrido nació nueve meses más tarde, con precisión matemática heredada del abuelo materno, el gran multiplicador.

La fiesta de cumpleaños en cuestión tiene como objetivo oculto presentarle a Sigfri varias muchachas casaderas de buena familia, ya que este hasta ahora no ha dado muestras de interesarse por el sexo opuesto, aunque tampoco por el propio, pues ha salido bastante infantil, y todavía a esa edad juega con carritos de juguete, y con un tirapiedras con el que sale a matar gorriones.

Sigfridito no ha querido bailar con ninguna de las jóvenes invitadas a su fiesta, y Marieta ha cogido un encabronamiento del carajo, retirándose a sus habitaciones privadas a jugar póker con sus amigas.

El mejor amigo del joven, también aficionado a matar gorriones y a la bobería, de ahí su gran afinidad, es un vecinito italiano, llamado Francesco Bufone, que trata de distraer a Sigfrido de su enojo por la discusión y posterior retirada de su madre, para que no se le eche a perder el cumpleaños.

Finalmente, ambos jóvenes se han puesto a bailar *rock and roll* con otras dos vecinitas afines, y las molestas invitadas se han retirado, debido al evidente desprecio sufrido, en primer lugar, y en segundo, porque sus padres las han llamado, una por una, para decirles que vayan para sus casas, que se tienen que ir corriendo para el aeropuerto, porque Batista ha huido y le ha dejado el campo libre a Fidel Castro, el líder de la guerra de guerrillas en la Sierra Maestra contra el odiado general mulato golpista.

Después de comerse las doce uvas, y brindar con champán por el nuevo año que recién comienza, Sigfrido y su fiel Bufone se han montado en el Corvette nuevo que Luis XVI le ha regalado a su retoño por su cumpleaños, y han tomado rumbo hacia el Laguito, el exclusivo reparto residencial propiedad de su familia paterna.

Una vez allí, la han emprendido a pedradas contra los cisnes y los gansos allí existentes, empleando para ello los tirapiedras que manejan tan diestramente, siendo regañados por una joven con un uniforme blanco de criada, que, sentada al borde del estanque, ha presenciado el estúpido ataque de los dos minusválidos mentales contra las indefensas aves.

Trascribiremos el regaño textualmente, para mejor comprensión de los lectores:

—Chico, ¿ustedes no tienen ya bastantes pendejos en el culo para estar comiendo tanta mierda atacando a esos pobres animalitos?

Los interpelados se quedaron mudos ante la gran verdad de la pregunta, y Sigfrido, azorado además por la crudeza del lenguaje empleado por la joven, se disculpó con ella y le preguntó su nombre, haciéndole señas a Bufone para que desapareciera de la escena.

—Me llamo Ofelia Desdémona Teresa Campoamor, pero me llaman Odete para abreviar —fue la respuesta de la decidida muchacha.

Para abreviar también un poco nosotros, Odete le contó que provenía de una familia villareña muy culta que había perdido su fortuna por culpa de la afición al juego de su padre, por lo que había tenido que emigrar con su hermana gemela Odilia Gilda Leonora para La Habana a trabajar en lo que fuera, y que, antes que de putas, habían preferido trabajar como criadas en casa de un famoso médico, de apellido Vallejo, que era a la vez un brujo muy reconocido en la capital de la República.

También le manifestó que ella pensaba que el palero la tenía "trabajada" para que no lo abandonara, pues se le habían presentado varios trabajos mejores, y todos se le habían malogrado inexplicablemente.

Como la mamá de Sigfridito también le metía a la brujería en la misma costura, y a su casa iban santeros a tirarle los caracoles a cada rato a toda la familia, el joven tirapedrero no se espantó con el cuento, sino que sintió mucha simpatía por la muchacha, además de que sus hormonas, aun en sangre tan boba, empezaban ya a hacer su trabajo, porque la criadita estaba de muy buen ver y su proximidad le hizo excitarse por primera vez en su vida.

Odete, que no le quitaba la vista de arriba al Corvette, porque ella sí que de boba no tenía un pelo, decidió combinar lo útil con lo agradable, ya que Sigfrido también estaba de muy buen ver, y se dejó besar y tocar por este, con la promesa de que la ayudaría a salirse de las garras del médico brujo que las tenía dominadas a ella y a su hermana Odilia.

A las tres de la madrugada se marchó Sigfrido del Laguito, dejando dos cisnes mal heridos, y a Odete esperanzada con un futuro mejor con el dueño del Corvette, pero ignorante de que el siniestro doctor Vallejo, futuro médico y brujo del hechicero mayor, el doctor Castro, lo había visto e intuido todo desde su atalaya en la azotea de su cercana mansión.

El primero de enero de 1959 La Habana amaneció con la ilusión de la libertad, y hasta María Antonieta y Luis XVI se despertaron llenos de alegría, sin sospechar la terrible guillotina que iba a caer sobre sus cabezas, y sobre la de todos los propietarios de negocios, comercios y terrenos de Cuba, hundiendo al país en un verdadero despotismo alfabetizado, que no ilustrado, porque la plebe se desató y la chusmería campeó por sus respetos, en la medida en que el manipulador barbudo logró ir pintando las palmas de rojo después de haberlo negado tanto.

A pesar de haber leído durante años en la revista *Selecciones* lo que era el comunismo, muchas personas como los padres de Sigfrido confiaron en Fidel, y el día de la entrada de este en la capital, decidieron dar una gran recepción para homenajear a los barbudos, y ver si Sigfrido al fin se empataba con alguna de las muchachas que iban a acudir a la fiesta.

Sigfrido le avisó a Odete para que asistiera, aprovechando la ocasión para presentársela a sus padres como su novia, y ver si así lo dejaban en paz, pero Vallejo escuchó la llamada por una extensión, y le prohibió asistir, dejándola encerrada en la casa, encabronada además porque el brujero se llevó a su hermana Odilia, a la que le compró un espléndido vestido negro de noche, para acudir con él al palacete de María Antonieta, ya que esta lo había invitado especialmente por ser uno de sus paleros preferidos.

Odilia no era mala, pero era muy ambiciosa, y Vallejo le había prometido regalarle el vestido si seguía sus planes.

Una vez comenzada la fiesta, los invitados empezaron a desfilar, y entre ellos, las muchachas casaderas de buena sociedad que María Antonieta quería presentarle a su delfín para que dejara la bobería y se multiplicara aunque fuera por la tabla del dos, pero Sgfrido las ignoró olímpicamente al igual que la otra vez, a pesar de que su madre le dijo bajito que no perdiera tiempo, porque las familias más ricas se estaban yendo del país por temor al comunismo, y que si se demoraba en escoger pareja iba a tener que casarse con una negra.

Mientras tanto, el baile estaba en su apogeo, amenizado por la Orquesta Aragón, y por un grupo que tocaba *rock and roll*, el ritmo de moda en ese entonces, destacándose varias parejas de extranjeros pertenecientes al cuerpo diplomático que interpretaron danzas típicas de sus respectivos países al son del cha-cha-chá, mientras que Rita Jaibol, la famosa actriz de Hollywood, brindaba su muy particular versión del mambo, para burla y relajo de los bailadores nativos.

Cuando el inusual despliegue coreográfico foráneo se agotó, y las risas disimuladas se extinguieron, los extranjeros se hicieron a un lado y se eclipsaron, porque en esa época todavía los cubanos no los jineteaban en busca de ropa y comida, ya que la libreta de abastecimiento no se impuso hasta 1962.

En ese preciso momento en que las danzas eslavas concluyeron, hizo su aparición espectacular la bella Odilia, del brazo del doctor Vallejo, y Sigfrido la cortejó inmediatamente, creyendo que era su hermana, para regocijo del médico brujo, que veía así empezar a realizarse sus siniestros planes.

Odilia no sacó de su error a Sigfrido, y bailó un *rock and roll*, y luego un cha-cha-chá con él, pero no fue hasta que pusieron un bolero de Vicentico Valdés que entraron en materia y se pusieron a apretar, ocasión que aprovechó Vallejo para tirarles varias fotos con *flash* para enseñárselas después a Odete como muestra de la traición de Sigfrido.

Marieta reconoció a la criada de Vallejo, a pesar del lujoso vestido, y se trastornó al ver lo acaramelado que estaba su hijo con ella, por lo que decidió intervenir para ver si podía pasmar la cosa, pero Vallejo reaccionó prontamente, y conminó a Sigfrido a comprometerse con su "hija", si es que tanto le interesaba, delante de todos los invitados, cosa que el confundido joven aceptó, siendo sus palabras registradas por Vallejo, que tenía una pequeña grabadora oculta en un bolsillo de su saco.

Logrado esto, Odilia y su mentor se marcharon raudamente, dejando a todos pasmados, sobre todo a Sigfrido, que solo entonces se logró percatar de la metedura de pata que había dado, porque esa no era su amada Odete, sino su hermana gemela Odilia, por lo que raudo y veloz también, se montó en su Corvette para ir a recuperar a Odete.

Epiloguito

Odilia le contó todo lo sucedido a Odete enseguida que llegó a la casa, para que perdonara a Sigfrido, así que cuando este dobló la curva del Laguito conduciendo su Corvette, ya Ofelia Desdémona estaba en la acera esperándolo con su maleta de cartón provinciana en la mano, para facilitar el episodio, y no agotar tanto a los lectores, pero el doctor Vallejo salió a retenerla por la fuerza, teniendo Sigfrido que luchar con él a brazo partido para que la soltara.

Finalmente, logró vencerlo, y lo arrojó de cabeza al Laguito, mudo escenario de tantos acontecimientos.

Odete y Sigfrido partieron rumbo a Varadero, donde todavía se podía alquilar una habitación en pesos cubanos, ya que lo del *apartheid* con los nacionales vendría mucho después para quedarse, y al otro día se casaron en la Catedral de Matanzas, con la presencia de los Cisneros y de los Lagos, que mientras no fuera negra, ya les daba lo mismo cualquier cosa, con tal de que a Sigfrido se le quitara la bobería del tirapiedras y de ir a masacrar cisnes al Laguito.

Odilia, que no dudó en rescatar prontamente a Vallejo de su chapuzón involuntario, acabó de ganarse su voluntad con ese gesto, y como el astuto doctor logró montarse en el carro de la Revolución hasta convertirse en médico y brujo de confianza de Fidel, aceptó casarse con él, para poderse dar la gran vida que los dirigentes socialistas acostumbran a darse cuando toman el mando de esa sociedad sin privilegios que dicen querer construir.

Epilogón

El 16 de abril de 1961 Fidel declaró el carácter socialista de la Revolución, manchando de rojo sus supuestamente verdes palmas, y dándole la razón así a Hubert Matos, que estuvo preso 20 años hasta 1979 por haberlo detectado y denunciado desde el principio.

En 1962 el Fifo implantó la libreta de "desabastecimiento", para llamarla correctamente, y los cisnes, gansos y patos comenzaron a desaparecer del Laguito, para ir a parar a las cazuelas de las casas de los alrededores, proceso que tuvo su punto culminante con el robo y posterior fricasé del avestruz del zoológico de Matanzas, y con el cambio sucesivo de letreros en las jaulas, desde "No darle comida a....", "No comerse la comida de....", hasta llegar al más drástico de "No comerse a los animales".

La familia Lago -Cisneros partió paraVenezuela en 1963, donde 35 años más tarde volverían a encontrarse con lo mismo, en versión petrolera y chavista, pero Sigfrido y Odete se mudaron para Miami en 1970, donde residen actualmente, en un *townhouse* con vistas a un lago, donde no hay cisnes porque se los comió un cocodrilo gigante que allí habita.

Desencanto en Matanzas

(con todo el respeto a Carilda Oliver, pero no al culpable del desencanto)

Por el Pompón donde

ya no es prudente beber,

por el Canímar que aún cruza

hacia el mar desde mi blusa

por esta pena que muevo,

lo juro, oh, ruinas de Pueblo Nuevo

–que es de rodillas jurar–;

quisiera hacer un cantar

con versos, con margaritas,

de a medio chavito el ramo,

(si lo puedo resolver);

sin jarcias

(porque cerraron la fábrica secular)

ni estalactitas,

ya imposibles de robar

de la Cueva Bellamar,

reservada a los turistas.

Matanzas lenta: yo adoro

los líquenes putrefactos,

extraño tus rayoneros

(la fábrica también cerró),

tus pactos

con crepúsculos de oro

(por suerte, no pudo cerrar el sol);

y sigo aquí, no demoro

mi cariño en otros valles.

Desde la Playa a Versalles

te repito como un cuento:

verás el ciclón violento

que asolará nuestras calles.

¿Y qué decir de mi herida

que por la hierba se mete,

sin alcohol para curarla,

ni hilo para su cierre?

¿Qué decir del zoquete

que paraliza tu vida?

¿Qué decir, tierra querida

donde acabaré este viaje

sin transporte ni equipaje,

de aquel hombre, de aquel hombre

que le hizo gala a tu nombre

y nos destruyó el paisaje?

Te quiero porque eras triste,

sin valorar el Edén;

muy triste tristeza aquella

de canarios con alpiste

y pobreza con bisté.

Te quiero porque trajiste

el verde justo en la sien;

pero te quiero a la vez

por tu Pan que tiene sueño,

y pesadillas también,

con la cuota racionada

que te impondría Fidel;

por tu porvenir incierto

sin fósforo ni henequén;

cerraron la tenería,

no se fabrican zapatos

y la pobre Cubanitro

no ve pasar ya ningún tren.

Te quiero porque me asombro

de tu majestad humilde,

y te quiero por la tilde
del nombre con que te nombro;
por esto, que bajo el hombro
me defiende y me combate;
por mi corazón, que late
rebeldemente inconforme,
como aquel campanario enorme
que se yergue en Monserrate,
y que ya al fin se reabrió.
Pareces sola una palma,
castigada por un rayo.
Exhibes en cada esquina
tu decadencia y desmayo.
Cuando madrugas en calma,
mi alma sueña con carne
y no con comer frijol.
Tus ciegos se sienten mal
(y también los que pueden ver),
pues ruina es la Catedral;
remozaron el Ten Cents:
—según tú—
"frívolo injerto"
que hoy quisiéramos tener,
pues nada vale diez quilos,

y "chavito" hay que tener.

Matanzas, bendigo aquí
–ya autorizaron creer–
tu malecón desplazado por horrible pedraplén,
los árboles descuidados del Paseo de Martí
y el eco en el Yumurí.
Y van mis lágrimas, van
como perlas como imán
o como espejos cobardes
a vaciar todas las tardes
sus aguas en el San Juan.

Tan quieta, tan solitaria,
amiga de la marea;
sueña, sueña que pasea
Plácido con su Plegaria,
que te viene a redimir.
Sé honesta, sé legendaria;
vuélvelo todo al revés,
rompe el silencio; tal vez
cuando suena así la brisa
está llorando por Cuba
el alma de Milanés.

Aunque a tu parque mejor
-ese bello como un cuarzo-
lo estuvieron reparando
(previniendo lo peor),
la gente que tiene honor,
la gente azul de verdad,
la gente con claridad,
seguidora de la Estrella,
añora vivir en calma,
con vergüenza y libertad,
sin dictatoriales huellas.

Matanzas: siempre me curas
después que el amor me enferma.
Si tengo la dicha yerma
(ya no hay palomas ni oscuras)
me das tus vendas ¿seguras...?
Si me sobra el corazón
(cuidado no lo trasplanten
a un gallego billetón),
si mis labios besos son
y no le encuentro remedio
voy a la calle del Medio

a soñar con la ilusión

de poder comprar con pesos

sin que medie conversión.

Tu pasado tiene un brillo

que no para de crecer

(¡Carilda, qué clase de predicción!)

¡Qué pena da recoger

en tu historia algo amarillo;

pero pienso en el Morrillo

y en que vendrá algo peor,

que ensuciará con la hoz y con martillo

rojinegra redención!

¡Qué pena da recordar!

Matanzas -misa en mis venas-:

Beso tus patios sin flores, sin negros ni blancos
estibadores

(ya no hay casi qué cargar),

tus puentes a reparar.

Matanzas —droga en mis venas—;

beso tus cultísimas jineteras,

beso también los pingueros,

que a falta de ruido de palas,

también son hoy sexiobreros,
igualados como hermanos,
y beso tus veteranos
que sienten no tener alas
para poder volar lejos.

Ya no hay cines, sí hay escuelas,
en estado como inerte,
fui a tu parque, adolescente,
y cayó amorosamente
tu tierra sobre mi abuela.
Te debo la luz que vuela,
si no viene el apagón,
una cita en el recuerdo,
y gracias a los milagros
nunca pierdo la razón,
y un dolor como una F
que vaya si sé que duele
debajo del seno izquierdo,
donde hice mi elección.

Te debo, Matanzas, ratos
de bohemia y de locura,
te debo una noche pura

y unos niños, hoy pioneros,

que seguirían sin zapatos

si Miami no existiera,

y te debo aquellos gatos

-que se los quieren comer-,

al fondo de mi, ¿alegría?,

la Plaza de la Vigía,

muchos versos en la frente,

el tedio de ser decente

y este azul de la bahía,

virgen sin barco a lamer.

Todo te debo, Matanzas:

la Biblioteca,

cuyo segundo piso hoy en ruinas

no se acaba de caer,

el Estero,

donde los peces esquivos

se ausentan de las cazuelas;

tener alma y no chavitos....

Te debo las esperanzas.

A mi pecho te abalanzas

con una pasión tan fuerte

que no basta con saberte

en mi sangre, y el tiempo, detenida:

ya que te debo esta vida

te quiero deber la muerte,

para renacer urgente,

en pos de tu redención.

TE PERDONO

(Parodia de la canción de Noel Nicola)

Para la Nueva Trova,

excepto Sara y Silvio.

Te perdono,

(gracias a ese otro puñado

de tremendas canciones),

el montón de consignas

que has soplado a mi oído

desde que te he escuchado;

te perdono,

tus afiches baratos,

la huida de los gatos,

mis comidas austeras, sin lague ni cigarros;

es más,

te perdono,

andar como has andado,

entre tu pueblo ya casi sin zapatos,

sin pasta de dientes

ni champú para el pelo.

Te perdono

los cientos de pretextos,

los miles de problemas

sin ver las soluciones,

en fin, te perdono

no amarte,

ni a ti

ni a tu prójimo.....

y también te perdono,

haber sido todos engañados con tanta alevosía;

tengo 11 millones de testigos,

muy pocos perros,

la madrugada

y, sin ventilador,

cuál frío,

y eso otra vez te lo perdono,

pero aunque lo perdone,

seguro no lo olvido.

Cuquita en la encrucijada

**(Monólogo en dos tiempos de Cuquita,
treintiañera con noveno grado de Encrucijada,
pueblo de la provincia de Villa Clara, Cuba,
en el centro de la Isla)**

Cuquita en Encrucijada

¡Ay, Dios mío, caballero, me saqué la lotería de visas para irme para la Yuma!, al fin podré escapar del período especial y de las otras especialidades: del Comité, de las Mesas Jediondas y de las Marchas del Pueblo Jabaenmente.

No, y en la Yuma sí voy a vacilar de verdad, allí la vida es un carnaval y aquello es el paraíso sobre la tierra, sin tanta lucha atrás de los chavitos como aquí; claro que las playas de allá no se pueden comparar con la de Varadero, que es la mejor playa del mundo; yo me acuerdo, la vez que fui cuando me gradué del Pre, de lo azulita y clara que estaba el agua, y de la arena tan blanca y finita.

¡Ay!, eso sí, dicen que en Miami no hay cultura, aunque la verdad que aquí en Encrucijada tampoco, a no ser la Banda Municipal que toca en la retreta del parque de Pascuas a San Juan, y la vez que vino NG la Banda a tocar en el estadio, allá por 1997, cuando conocí a Pepe........

(Se queda pensativa unos instantes)

102

Bueno, pero en Miami están los cantantes y los músicos famosos que salen en *Sábado Gigante*, bueno, por lo menos en el que yo vi en video en casa de Macusa, la que tiene el banco de películas en su casa.

También dicen que allá la discriminan a una, y que le echan los perros a los latinos y a los morenos, pero eso debe ser propaganda del Fifo para que no se le vayan los negros, aunque a él más le convendría que no se le fueran los blancos, que son los que todavía trabajan un poco y están de maestros y de médicos, porque lo que son aquellos, están dedicados solo al deporte, la timba, el bisne y el jineteo.

Ahora que casi tengo ya una pata en la escalerilla del avión, me acuerdo de la película esa del ICAIC donde se ve que en Miami todo el mundo se la pasa extrañando a Cuba, ¿me irá a pasar igual a mí?

Bueno, cuando me dé el gorrión, me acordaré de los cubos de agua que tengo que cargar aquí todos los días, de los apagones y del picadillo de soya, y me imagino que eso me reanimará y se me quitará la bobería, aunque extrañe el helado Coppelia, que la última vez que lo tomé fue en Santa Clara en 1998, pero que dicen que es el mejor helado del mundo; Varadero, y la cultura que dicen que hay aquí.

Abur, Pepe, que Cuquita se va para allá enfrente.

Cuquita en Hialeah

Caballero, ya llevo 4 meses aquí en la Yuma, que por cierto, mi prima Maricusa me dijo en cuanto llegué que era "la llama", y cuando le pregunté lo de los perros, me dijo que ojalá alguien le echara a ella aunque fuera un chihuahua, para meterle un "su" y sacarle sus buenos 2000 pesos, y así no tener que matarse tanto en la factoría.

Dice Maricusa que Hialeah es como un pueblo de campo, aunque, mirándolo bien, está mucho mejor que Encrucijada y pueblos adyacentes, pero allá ella, parece que se le olvidó ya cómo era Palmira, su pueblo natal, después de 15 años en Miami.

Mi primo Venancio me llevó a Miami Beach, y me contó muy relambío que hay una parte en que la gente puede andar encuera, recalcándome que "como Varadero no hay", cosa que me extrañó mucho, pues no recuerdo que a él mis tíos lo hubieran sacado nunca de Jatibonico mientras estuvo en Cuba.

Mi tía Clodomira me ayudó a gestionar el permiso de trabajo, y ya voy a empezar a trabajar en la factoría donde trabaja Maricusa, para lo que voy a necesitar un *transporteichon*, que es como se les dice aquí a los cacharros.

Acabada de llegar, por poco me vuelven loca, diciéndome también lo de "la llama" y que en Miami solo se vive para trabajar y pagar los "biles", que son las cuentas de la casa, la luz, el agua, el teléfono, el celular, el periódico, las suscripciones a las revistas, el seguro del carro y de la casa, y las tarjetas de crédito, por supuesto; una pila de cosas que parece que el gobierno te obliga a tener para poder sacarte el dinero después, vaya, digo yo, que soy una ignorante, porque yo por mi propia voluntad no adquiriría algo que luego no podría pagar.

Chica, y otra cosa, una pila de gentes me han dicho que Gloria Estefan no canta, y que si no fuera por Emilio no grabaría ni un disco, tan bonito que yo la oigo en la televisión, y entonces le dije a Maricusa, ¿tú crees que con lo desafinada que tú eres Emilio te hubiera hecho cantar?, a lo que se quedó muy callada y luego me cambió la conversación.

En fin, que aunque todos ellos me han tratado de asustar con Miami, a mí no se me ha olvidado, como a ellos, que mis 100 pesos como secretaria del Policlínico de Encrucijada se me acababan a los 3 días, y que si compraba algo de ropa no comía y viceversa.

Nada, caballero, que para Encrucijada no regreso ni muerta, a no ser de visita, así que Pepe que se olvide de mí, que yo me quiero quemar en esta llama, pues en solo estos 4 meses he engordado 10 libras y he mandado 4 paquetes para mi familia.

¡Abur, desmemoriados, que a Cuquita le encanta Hialeah!

La fábula del gallito clueco

Había una vez un pobre gallinero donde reinaba un gallo feroz, que le tenía racionado hasta el sexo a sus gallinas, y que reservaba para él y para su séquito real los mejores granos de maíz, mientras que aquellas tenían que conformarse con lo poco que hubiera, mientras las entretenía con la promesa de un gallinero mejor, y de comida en abundancia en el futuro.

El gallo feroz tenía un hermano que se encargaba de la defensa del gallinero ante los ataques del lobo Yunai, y juntos se encargaron de hacer amistad con el oso Bolovski para que los defendiera de Yunai, y les diera los huevos que ya eran incapaces de producir, a cambio de pertenecer al mundo bolo y de ayudar a expandirlo por los gallineros africanos y centroamericanos.

Luego de una breve escaramuza repelida con éxito por el gallinero, Yunai se comprometió con Bolovkski en que no lo volvería a atacar, siempre y cuando el oso se llevara los panales de avispas con que lo había reforzado.

Pero resulta que en el bosque de Bolovski los animales se aburrieron un día de ser tan bolos, y materializaron la película *Rebelión en la granja*, dejando de ayudar a los dos gallitos, que tuvieron que arreglárselas solitos, implantando un régimen tan severo y especial que las gallinas dejaron de poner huevos, y se empezaron a escapar para otros gallineros.

El gallo feroz, que parecía tan eterno e indestructible como la amistad con Bolovski, un **buen** día se enfermó, de algo así como si estuviera en estado secreto, con caca pero sin niño, y tuvo que delegar el mando del gallinero en su hermano, que finalmente acabó sucediéndolo en vida, pero sin que nada sucediese en verdad, excepto una mutación realmente sorprendente: la mutación del sustituto de gallito a gallina, no ponedora, sino clueca (es verdad también que siempre hubo rumores), porque desde que asumió el mando comenzó a cacarear que haría cambios, que haría cambios, que haría cambios....., y los cambios, ¿dónde están?

Salvo que las gallinas teóricamente ya se pueden instalar en las áreas del gallinero que antes eran solo para las gallinas visitantes que pusieran huevos verdes, pagando en huevos ídem, que tienen que canjear a razón de 25 de los suyos blancos por cada verde, y que las que reciban huevos de este color, procedentes de sus hermanas que escaparon del gallinero, o los "resuelvan" de cualquier modo adentro, pueden cambiarlos por incubadoras para acelerar el nacimiento de los pollitos, y por silbatos para comunicarse mejor entre ellas, porque, salvo para algunas gallinas "más iguales" que las demás, los silbidos no se pueden oír fuera del gallinero, el cuartico está igualito.

Incluso una **gay**ina joven, que ganó un premio en otros gallineros por sus tremendos huevos, no fue autorizada por el gallito clueco para ir a recoger su premio, y unas valientes gallinas criollas, que se pusieron plumas blancas para reclamar la libertad de sus gallos presos, fueron arrastradas ante testigos de otros gallineros.

Y la gallina Molina, al fin pudo ir a visitar a su hijo a Argentina, tras una larrrrrrrrga espera.

Eso sí, la polluela Mariela, hija del gallito, ha conseguido que su padre apruebe que los gallos-pavos reales se cambien de sexo, y se conviertan en gallinas, enarbolando esto como un gran logro del gallinero, aunque disminuirá la producción de huevos y no resolverá ningún verdadero problema, porque no llegan ni a tres los interesados.

En fin, ¿dónde están los huevos para que se reproduzca saludablemente el gallinero, si hasta ahora han sido solo huevos virtuales, para darle falsas señales de cambio a gallineros extranjeros?

Cualquier parecido con la realidad cubana de septiembre del 2012 es totalmente adrede.

Oda a la "Chinoplomalización"
(para que no nos joda).

Siempre en busca de mayor ganancia,
el Tío Sam se fue a vivir al extranjero,
y acampó en la Gran Muralla,
llevándose consigo sus mejores vituallas.

Tradujo al mandarín el rock-and-roll,
para que los chinos lo pudieran entender mejor,
siempre que Mao revisara el guión,
desde su infierno rojo,

Y así Batman y Supermán
se quedaron sin poder volar
más a su antojo,
con el **plomo** de la censura en sus pies,
y una venda para no ver Internet
en los ojos.

Y Pluto, Mickey Mouse,
Betty Boop y Mister Magoon

achinaron sus rostros,

volviéndose este aún

mucho más cegato y temerario.

No puede ser el *money* el rey,

sin orden ni recato;

estaba mucho mejor el mundo ayer,

con juguetes más sanos,

mariscos que se podían comer,

y pasta de dientes fiel,

realmente Colgate,

fabricada en Ohio.

DESATINO CULTURAL, Y OPORTUNIDAD DE ORO PARA LOS AMANTES DE LOS *SOUVENIRS.*

El número dos y canciller del Patriarcado de Moscú, el metropolita Kiril Gundjaev, le impuso a Raúl Castro la Orden Príncipe Danilo de la Buena Fe de Primer Grado, en atención al apoyo brindado por el gobierno cubano a la construcción de la catedral ortodoxa rusa que fue inaugurada el domingo 19 de octubre del 2008 en La Habana, y le entregó otra similar, la Orden Honor y Gloria de la misma iglesia ortodoxa rusa, para su hermano Fidel Castro.

Esa misma tarde, mientras ambos asistían a un concierto del Coro del Monasterio de Sretenskiy, de Moscú, en la Basílica Menor del antiguo Convento San Francisco de Asís, en la Habana Vieja, 5 compañeros de la raza negra, aprovechando que todo el dispositivo de seguridad desplegado para la inauguración del desatino cultural había sido desplazado hacia dicha basílica menor, fueron sorprendidos subidos cada uno en su respectiva cúpula cebolloidal, tratando de raspar con un guayo la delgada capa de oro que la prensa cubana informó que cubría la de bronce.

Seguramente los afrocubanos trataban de llevarse un pequeño recuerdo o *souvenir* de este evento tan significativo para la religión yoruba, y para la cultura cubana en general, donde el 0,0005 % de la población practica esta religión tan popular en Cuba.

En los próximos días se espera el inicio de la construcción de un templo budista en Lawton, y de un

111

pagoda japonesa en El Cotorro, las cuales serán inauguradas con un toque de santo espectacular, bilingüe, dada la gran cercanía entre estas tres religiones y la afinidad cultural entre las mismas.

Heusevio Desleal

Mitología comunista

No puedo resistir la tentación de comenzar este artículo sobre la mitología comunista con esa frase genial que dice: **"Los hombres mueren, el Partido es inmortal",** acuñada durante la preparación de uno de los congresos del P.C.C.; ¡qué clase de cuero se le dió en Cuba a la gente por eso, a unos y a *otros*!

Incluso pienso que Mariela Castro, ahora que le ha dado por apoyar tanto a los homosexuales, debía resucitar esta consigna tan a tono sobre la inmortalidad de los "partidos".

Y aclaro que no tengo nada en contra de la aceptación de la diversidad en las preferencias sexuales, pero me gustaría que la campaña de Mariela estuviera dirigida también a la aceptación de la diversidad de pensamiento, y a que no te metieran preso por pensar, hablar y escribir diferente a su padre y a su tío, o a ella misma.

Volviendo al tema mitológico, está fuera de discusión que en este campo el Comunismo ha resultado ser el vencedor ante el Capitalismo.

Durante mis vacaciones del 26 de mayo del 2008, *Memorial Day* en los Estados Unidos, visité EPCOT Center, y a la entrada de una de la atracciones espaciales más novedosas (un viaje a Marte), me encontré de pronto con fotos de Yuri Gagarin, la perra Laika, y Valentina Tereshkova, nombres que los rusos y los cubanos nos tuvimos que aprender de memoria de tanto escucharlos, mientras que es bastante difícil encontrar un norteamericano promedio que haya logrado memorizar el nombre de alguno de sus primeros astronautas: ¡he ahí la primera victoria de la mitología comunista: la fijación de sus íconos en el subconsciente colectivo con una persistencia que permanece aun después de la huida!

Íconos y frases, el binomio perfecto para la domesticación de las masas.

No bien has acabado de "celebrar" el desembarco del "Granma" el 2 de diciembre –ese barco mitológico que embarcó y hundió a más gente que el "Titanic", sin ni siquiera naufragar– te toca el "triunfo" de la Cosa (recuerden esa frase lapidaria de "la cosa está mala, caballero"); luego, el 24 de febrero, el Grito de Baire; en marzo, el Día Internacional de la Mujer; la Jornada de Girón en abril; la caída de Martí en Dos Ríos en mayo; la Jornada Maceo-Ché en junio; "Siempre es 26" en julio; el cumpleaños de quien ya no se sabe en agosto; el día de los C.D.R. en septiembre, con caldosa incluida; la Jornada Camilo –Ché, en octubre, con flores para el misterio; y en noviembre, la ya difunta Revolución de Octubre; en fin, un *carrousel* imparable para tener a la gente entretenida y en babia, bombardeada de consignas y celebraciones impuestas.

Y más recientemente, "Devuelvan a Elián", y ahora, a los Cinco Héroes, para lograr que los pobres cubanos repitan como papagayos las consignas de turno y no piensen en sus tribulaciones materiales cotidianas.

En Disney, los capitalistas norteamericanos han sido geniales en la manipulación material y virtual de los contingentes de personas que abarrotan sus parques, pero con comida, entretenimiento, transporte abundante, y el futuro a la vista, al alcance de todos, pero esto no tiene tanto mérito como en Cuba, donde muchedumbres equivalentes han sido manipuladas por Fidel con la comida racionada, poco transporte, burdos y mediocres entretenimientos, y un futuro inalcanzable, en el que casi nadie confía.

Los griegos nunca vieron a Zeus ni a Palas Atenea, ni a Afrodita, pero creían en ellos y les erigieron estatuas y templos.

Fidel ha logrado superar a la Mitología griega, pues desde 1959 ha llenado el imaginario colectivo cubano con planes grandiosos como el Cordón de La Habana, la Zafra de los Diez Millones, la Batalla de Ideas (más bien, Ideotas), y ahora, la Revolución Energética, sin que el pueblo haya visto nunca las frutas y vegetales acordonados, se produjeran los tales millones ni se acabara la dependencia energética del petróleo, ayer ruso y ahora venezolano. Eso sí, se sobrecumplió el plan en lo de las grandes ideas / ideotas.

Pero ahí está ExpoCuba para exhibir los "logros" de la mitología del Comandante, y el Noticiero de la Televisión Nacional para poder escuchar y ver lo que cualquier pueblo del mundo puede llevar a su mesa en abundancia sin tener que conformarse con verlo por el aparato de T.V.

"Mitos y leyendas de la Antigua Castria", debía llamarse el libro sobre los 53 años de castrismo, con estatua a Ubre Blanca incluida, y harto pietaje de Noticieros ICAIC con todos los desatinos del COMA-ANDANTE, sin la belleza y la poesía de Venus y de Apolo, que en la mitología greco-romana sí lograron

contrarrestrar el horror de la fealdad totalitaria como
ansiamos hacerlo algún día nosotros los cubanos.

LA MULATA, EL NEGRITO Y EL GALLEGO CABALGAN DE NUEVO

(Sketch vernáculo globalizado)

Personajes

1- **Nieves Valdés**, mulata habanera nacida en el popular barrio del Fanguito, loca por globalizarse cuanto más lejos mejor, aunque sea en globo.

2- **Iluminado Fresneda**, más conocido como "Pisa Bonito", negrito del Cerro, calesero especial, para no tener que traducir *cowboy* al cubano moderno.

3- **Leocadio Gamboa Iparraguirre**, natural de Santa Marta de Ortigueira, Galicia, que viene a La Habana para un cambio de "seso".

Primera escena

Aeropuerto Internacional de Rancho Boyeros (letrero en letra de imprenta, al que se le ha agregado como quiera "y Pingueros") en la siempre infiel isla de Cuba, y otro letrero que dice, también en letra de imprenta: "Somos felices aquí", al que se le ha agregado como quiera: "Imagínate allá".

Iluminado Fresneda (I.F): Señorita Valdés, en cuanto aparezca el primer gallego desembarcado de ese vuelo de Iberia que acaba de llegar me le sacas conversación y me lo procesas.

Nieves Valdés (N.V) : Gracias por la costurita, Pisa Bonito; mira a ver si metes la pata y echas a perder nuestro plan con tu pejiguera; acuérdate que tú eres **mi** chofer, y que el Monstrovsky lo conservamos solo porque somos coleccionistas de coches de la época " sorvética", mira que leí en una revista *Hola* del '99 que esa onda está de moda ahora en Europa, y así impresionamos al gallego para que vea lo curtos y arrebatados que somos.

(Sale el gallego Leocadio Gamboa **(L.G)**, con maletas y bolsas plásticas en las manos, y Nieves tropieza intencionalmente con él).

N.V: Ay, señor, usted disculpe, qué atolondrada soy; ¿no es usted el embajador de la Comunidad Europeda?

L.G: ¿Cómo me reconociste, muñeca? No, no, es jugando; no soy ni siquiera el portero de esa Comunidad

118

de que hablas; soy solamente el representante del caldo gallego en la Feria Internacional de Comidas Exóticas La Habana 2008.

N.V: ¡Ay, sí, el caldo gallego!, mi abuelita me ha contado que ese es un plato muy antiguo que se comía en Cuba como 50 años atrás; ¡qué honor haber tropezado con usted!

L.G: ¿Con quién tengo el gusto?

N.V: Mi nombre es Nieves Valdés, y soy la jefa de protocolo del aeropuerto, pero parece que el embajador no ha venido en ese vuelo, así que tendré que marcharme.

L.G: Pues parece que Dios y el Apóstol Santiago la han puesto providencialmente en mi camino, porque a mí me encanta el pro-tocolo ese de que usted habla; es más, que lo del caldo gallego es solo un pretexto: he venido en realidad para tocar y a que me toquen: tócame tú que te toco yo.

N.V: Pero este niño, tú estás mandado; yo soy una mulata seria y nada resbalosa, no te confundas con lo que dice la propaganda del imperialismo sobre nosotras, que es una "vil" Clinton calumnia.

L.G: Perdone usted, ostias, que me he confundido; es que llevo dos años guardándome para esto, y tanta abstinencia me tiene como loco.

N.V: Ah!, ¿es que usted pertenece a eso que llaman allá afuera "Alcohólicos Anónimos", y vino a perder el anonimato en Cuba, no?

L.G: No, tía, para nada, si apenas tomo sidra en navidad; me refiero al acto "sesual", y al cambio de "seso" que leí en *El País* que ya se ha aprobado hacer en Cuba, según declaraciones de Mariela Castro, que por cierto también es gallega por línea paterna.

N.V: Sí, cómo no, gallega, como si en Galicia se comiera arroz con palitos; no toques esa tecla, que te vuelven a montar en el avión.

Cambiando el tema, ya que el embajador no vino, y usted me ha caído tan bien, le ofrezco mi coche y mi chofer para llevarlo hasta su hotel, y allí conversamos con más privacidad acerca de lo del cambio de sexo que usted pretende, y si quiere puede empezar a practicar desde ya lo del cambio, porque este chofer tiene un bisturí muuuuy largo y afilado.

(Nieves le presenta a Iluminado, que ha escuchado de cerca toda la conversación, y se dan la mano).

I.F: Perdonen mi ignorancia "cerril", pero no sabía que se podían hacer ya trasplantes de cerebro, de seso, como dice acá el ilustre visitante. ¡Qué adelanto, caballeros, se salvó Galicia, Puerto Rico y Pinar del Río!

N.V: No, no, chico, nada de eso; para hablarte claro, y que participes tú también con tu instrumento: el varón en tránsito se refiere a cambiar de macho pa' hembra, eso con que ahora Mariela Castro quiere distraernos para que no pensemos en cambios verdaderos.

L.G: ¿Y acaso su chofer es también cirujano o algo por el estilo?

N.V: Bueno, cirujano, cirujano....., no, la verdad, pero lo puede ayudar mucho sicológicamente antes de la operación; acuérdese que el principal órgano sexual es la mente, y si ya a nivel mental usted se empieza a sentir cómodo en su única actual opción, cuando la carretera sea de dos vías, para qué contarte; ah, y a mi chofer también le encanta la costura, así que lo puede ayudar con el diseño de su nueva ropa interior femenina; deje que le enseñe la muestra de encaje negro que posee...

L.G: No se hable más, que me has convencido con lo del encaje negro que posee tu chofer; ¡cochero, a palacio!

I.F: (Bajito a Nieves) Me voy a adelantar hasta donde está el Monstrosvky, para que la policía no se dé cuenta de la jugada, porque si me cogen, me lo decomisan, así que vayan ustedes caminando a varios pasos de mí.

N.V: Entonces nos vamos para la casa de huéspedes de una amiga mía, que le va a salir más barata que un hotel del gobierno, y allí podremos comenzar la preparación para la operación a nivel mental.

(Se apaga la luz para un cambio de escena, y cuando se enciende están ya en la casa de huéspedes mencionada).

Segunda escena

N.V: Ay, Dios mío, vamos a ver cómo le fue a Pisa Bonito con el gallego después de su primera noche de "preparación" mental; voy a hacer un poco de ruido para ver si se acaban de levantar y aceleramos los acontecimientos.

(Aparece el gallego con unos rulos puestos y una bata de casa muuy femenina)

N.V: ¿Y bien, cómo te fue con Pisa Bonito?

L.G: Pues que tiene muy bien puesto el sobrenombre, rediez; ¡uy!, ¡y qué clase de encaje! Piel canela, tengo que reconocer que tenías toda la razón, nunca en mi vida me había sentido tan femenina, ni cuando a escondidas me disfrazaba de Sarita Montiel allá en mi pueblo, así que voy a desistir de la operación, y usar el dinero mejor para sacarlos a ustedes dos para España, y casarme con mi Iluminado allá en Madrid, que desde que Zapatero estuvo en el poder los gays logramos ese derecho civil tan justo y tan anhelado.

Además, es mejor que no me corte mi miembro exviril, porque el sexo es una guerra donde lo mejor es ir bien armado para lo que se pueda presentar, y es mejor tener de más que de menos, no vaya a ser que Pisa Bonito un día quiera probar también un encaje blanco...

(Se incorpora Iluminado al diálogo)

I.F: Nieves, lo convencí para que no se operara, porque de todas maneras él se puede disfrazar de Sarita Montiel cada vez que le dé la gana sin tener que gastar tanto dinero, y el *money* lo vamos a emplear mejor para nuestra boda en España, porque lo que es aquí en Cuba, eso será para cuando las ranas críen pelos, y Mariela se cambie el apellido.

(El gallego sale de escena para cambiarse de ropa, y se empieza a escuchar música española de fondo, algo así

122

como "¡Que viva España!", pero con la letra cambiada, a tono con lo sucedido, cantada primero por la mulata y el negrito, a dúo, al que se incorpora el gallego, ya vestido como Sarita Montiel, peineta y clavel incluido).

FIN

Clon de oveja negra: ¿Infiel Castrol II?

(Cuento de política-ficción)

Personajes

1. **Infiel Castrol**: Exmono-orca atílico (por su parentesco estrecho con Atila "el Uno"); Coma-ya-no-andante.

2. **Adul Castrol**: Hermano de Infiel; etílico, alítico, y atílico heredero.

3. **Lesbia Bomberón**: Mujer de pueblo de fuerte temperamento, escogida para llevar en su útero de acero el embrión clonado de Infiel, para que salga muy macho y no se parezca a su tío Adul.

4. **Baraja Surrama:** Primer presidente color cartucho de Yumalandia, elegido el 4 de noviembre del 2008, y reelegido el 6 de noviembre del 2012

5. **Leniniro Rosca**: Hijo de Blabla Rosca, destacado líder comunista de la vieja guardia, ya en el Coro de la Microbrigada del Infierno, pero con ideas diferentes a las de su padre, por lo que Infiel lo encarceló por varios años.

6. **Raíl Riero**: Figura clave de la disidencia en el exilio; escritor y periodista, fundador de la Agencia "Isla Presa".

7. **Nimosca Peter Castillón**: Exvocera de la Fundición Isleño-Yumariana; se destaca por su apasionamiento por la causa de la isla, aunque sin

tener la verdad absoluta siempre, cosa que no tiene nadie, por supuesto.

8. **Carlo Agbegto Mantener**: Escritor y periodista, muy conocido por su combate intelectual contra Infiel, y por su columna del Novo Gerald de Mallamy.

9. **Page**: ExChambelán del reino, deschavado por Infiel a pesar de haber estado incondicionalmente tras su chambelona. Se intoxicó con la miel del poder, según Infiel, y ahora está a dieta de miel de purga, que le debe saber a pura hiel.

10. **Re-cardo Lagartón**: Presidente del Teatro Guiñol Nacional, también conocido como Parlacuento.

11. **Feli-pillo Rete Roca**: ExCanciller imperial, mientras le duró el carguito fue célebre por su pétreo cerebro. Al igual que a Page, la avispa lo picó por estar tras la miel del poder; y ahora vive a pura miel de purga también.

12. **Coro de los Castrati:** Lo conforman los intelectuales vendidos a Castrol, que han traicionado a su pueblo por unos viajecitos de vez en cuando, y por algunos "privilegios", de los que en cualquier país disfruta casi todo el mundo: papel higiénico, jabón, detergente, Internet, etc.

13. **Fizna Gandía Marrull:** Viuda de Lazio Vitiela, peota sustituto de Nikolái Guillao; insólitamente católico, ya en el coro de la Microbrigada del Infierno.

14. **Miguel Barniz Aguadito**: Gaysha oficial del Castrolato, obsesionada con el Cimarrón; dirige el Coro de los Castrati.

15. **Teobaldo Maruca**: Vocero de Castrol en Mallamy, jugará un importante papel en los planes de Adul para poner al clon de Infiel en el trono.

16. **El Cimarrón**: Acompaña por interés a Barniz; representa el espíritu jineteril de una parte de la juventud isleña.

17. **Reinaldo Piñera Lima**: Personaje mixto, teatral y paradigmático desde sus orígenes hasta el anochecer; le provoca a Castrol tres viejos pánicos.

18. **Nikolái Guillao**: El difunto poeta real, director del Coro de la Microbrigada del Infierno, donde "tiene lo que tenía que tener".

19. **Coro de la Microbrigada del Infierno**: Formado por los alabarderos ya fallecidos de la Redundancia (Soyalismo o Muerte).

CLON DE OVEJA NEGRA: ¿INFIEL CASTROL II?

(Cuento de política-ficción)

Infiel Castrol, exmono-orca de la isla, ante su muerte inminente, decide clonarse, para que su réplica ocupe su lugar al llegar a la edad adulta, que su hermano Adul, que ha heredado su trono y a los tronados, rebajará a 12 años para acelerar el suceso.

Tomando un pelo de su barba, los científicos de la Impotencia Médica logran un embrión idéntico a Infiel, que implantan en el útero de Lesbia Bomberón, escogida para que el niño salga bien macho y no se parezca a su tío Adul.

Muere al fin Infiel en el año 201..., tres meses antes del nacimiento de su clon, a causa de un infarto por el relajamiento del embargo por parte de Yumalandia, después de la toma de posesión de Baraja Surrama, y grandes multitudes hacen cola, como para no perder la costumbre, en la Plaza de la Robotición para despedir a su máximo"dealer", unos, domesticados, y los otros, para no perder la jabita con útiles de limpieza que les dan en los trabajos a los que no faltan a nada cada mes.

Embalsaman a Infiel y lo exponen en la base del Monumento a Martir, el Apóstol que espera, mientras Adul se dedica a imitar a su segunda patria, la Chena, (¿será porque ese es también su apodo?), e impone la economía de mercado en la isla.

No obstante, la Disidencia Interna se rebela, y pacíficamente logra que triunfe el "Proyecto Valera", ya por las 500.000 firmas, haciéndose una consulta popular que da al traste con el Castrato y con la Aduladera.

Regresan muchos isleños del Exilio, se hacen elecciones, y sale presidente de la República por cuatro años **Leniniro** Rosca (¡qué paradoja la de la Historia!), con Raíl Riero como vicepresidente, y un parlamento plural donde se destacan Nimosca Peter Castillón y Carlo Agbegto Mantener, entre muchos otros.

Adul y Lesbia, con Page, Lagartón, Rete Roca y el Coro de los Castrati en pleno, huyen y se refugian en los túneles populares que conducen al búnker secreto de Infiel, avituallado para sobrevivir a una guerra atómica, para esperar el nacimiento de Infiel II.

Afuera, el pueblo, Leniniro, el Parlamento, la Fundición Isleño- Yumariana, Nimosca y Mantener, junto con el Movimiento Democasiya, ignoran completamente lo que se trama, y se dedican a construir la República, con libertad total de expresión y de prensa, y relaciones con todos los países del Mundo.

En el refugio, Lesbia Bomberón, como todo un hombre, da a luz a Infiel II, que nace robusto y pesando 9 libras.

Lagartón y Fizna lo bautizan, y Adul se encarga de su educación pioneril, lejos de Miguel Barniz, para que no se obsesione con los cimarrones y otros ......rrones.

No lo pueden mandar a la Escuela al Campo ni a la agricultura, como hubiera sido el deseo del doctor Kastrinfiel, por temor a ser descubiertos, y así pasan los doce años acordados por Adul con Infiel.

El niño es idéntico a su "progenitor": zoquete, envidioso, colérico y sicótico (de la cabeza y de los pies); le encanta jugar a los pistoleros en la escalinata del refugio, aunque a veces se esconde misteriosamente debajo de esta y se tranca por dentro, lo que tiene algo preocupados a Lagartón y a Page, pero sin que osen decirle nada, por temor a ir a parar a la U.M.A.P.

Adul decide poner en práctica el siniestro plan tramado con Infiel, y se comunica por Internet con Maruca, un viejo infiel procastrante de Mallamy, para que organice un partido opositor con los fondos millonarios que dejó Infiel en Nestliza, y este logra reunir 10.000 firmas, entre exsegurosos, expolicías, exmilitantes y otros castrados, que añoran la época libretaria de Castrol, creando el Partido Unido de la Juventud Organizada (PUJO), cuyo líder es por supuesto el joven Infiel II, nombrado ahora para despistar Cristol.

Aprovechando la libertad y la tolerancia reinante, reaparecen Page, Lagartón, Rete Roca, y el Coro de los Castrati, con Barniz Aguadito al frente (y con el Cimarrón detrás, como siempre), en un acto de inicio de campaña, donde este último entona *Un Infiel que vibra en la montaña*, para regocijo de los adulones y terror de la prensa libre isleña y de los observadores de los otros partidos.

Una vez calmados los histéricos aplausos, aparece Cristol, vestido con el clásico uniforme verdeolivo, y pronuncia un discurso contra Yumalandia durante cuatro horas, sin dar muestras de que va a acabar pronto, lo cual pone a todos muy preocupados, pues el clon viene con más fuerzas que el original, y ellos ya están muy viejos para volver a soportar la misma historia.

Del cielo descienden una paloma, un alcatraz y un pelícano, y lo cagan, para que esta vez no haya duda posible.

Cristol se limpia, y sin inmutarse continúa con su perorata contra los yumas, pero entonces el cielo se abre, llenándose todo de una extraña luminosidad, y se oye la voz de Reinaldo Piñera Lima, que alerta al pueblo de lo que se está tramando.

Para mayor sorpresa de todos, otra voz pide la palabra, como en las viejas asambleas comunistas, y se identifica como Nikolái Guillao, el difunto poeta real, director del Coro de la Microbrigada del Infierno, que entre grandes sollozos aconseja a Adul, a Maruca y a los Castrati abandonar su proyecto insensato, porque la vida en la Microbrigada del Infierno, a donde van a ir a parar todos ellos irremisiblemente si no se arrepienten, es insoportable: no hay transporte, se va la luz a diario, existe una libreta eterna de racionamiento, hay M.T.T. y trabajo en la agricultura; picadillo de soya , chorimorci, pasta de oca y cerelac, y eso, de Pascuas a San Juan, ¡ah!, y lo más terrible, los discursos de Infiel, que desde su muerte sustituyó al Diablo, son diarios y duran 15 horas.

Aterrados, todos abandonan el acto de inicio de campaña, y dejan solos a Adul y a Cristol, que se miran confundidos y se abrazan.

Tío, le dice el sobrino, ni yo pudiera soportar esos discursos, así que te confesaré que soy como tú, y que ni el útero de Lesbia Bomberón pudo impedir lo inevitable: saldré del closet y aprenderé a bailar, pues anhelo ser bailarín de cabaret.

Fin

GLOSARIO DE PERSONAJES, LUGARES Y COSAS MENCIONADOS EN:

Los personajes principales:

1. **Atila "el Uno"**: Azote bárbaro, que solo dejaba el humo a su paso.

2. **Agencia "Isla Presa"**: Agencia de prensa independiente y, por supuesto, clandestina, fundada por Raíl Riero.

3. **"Novo Gerald"**: Principal periódico de Mallamy.

4. **La Redundancia**: Soyalismo o Muerte.

El cuento:

1- **La isla**: País de las palmas que esperan, no un novio, sino un velorio.

2- **Yumalandia**: País al que Infiel odia desde su adolescencia, asiento de Mallamy.

3- **Mallamy**: La capital del Sol y del Exilio isleño y mundial.

4- **Plaza de la Robotición**: Construida durante el gobierno de Bateta, pero aprovechada por Infiel como escenario para sus discurrrrrrrrrrrrrrrrrsos...

5- **Bateta**: Sargento golpeta, antecesor de Infiel, cuya huida facilitó el acceso al poder de este.

6- **Martir**: Apostó su vida por la libertad isleña; llevado y traído por ambos bandos, todavía espera.

7- **La Chena**: Cuna del arroz frito, patria de Meó el Satén.También apodo de Adul.

8- **Meó el Satén**: Pre-dealer cheno, abuelo de Infiel y de Nochave.

9- **Nochave**: Anti-dealer veleneziano; veleidoso y necio.

10- **Veleneziano**: Natural de Velenezuela, país donde pronto se vaciarán las cazuelas, por no escarmentar en cabeza ajena.

11- **Proyecto Valera**: Proyecto inédito de la Disidencia Interna, que dará al traste con el Castrato y la Aduladera.

12- **La Fundición Isleño-Yumariana**: La organización "Mas" poderosa del Exilio isleño en Mallamy.

13- **Movimiento Democasiya**: Movimiento perseverante del Exilio en Mallamy, organizador de las Flotillas de la Libertad.

14- **La U.M.A.P.**: Unidades Militares de Atropello a las Personas; creadas por Infiel para reeducar a los "diferentes", con excepción de Adul y de Fredo Gibara, el exdirector del I.C.A.I.C.

15- **I.C.A.I.C**: Instituto de Cine a veces Insidioso con el Comomismo

16- **Comomismo**: Etapa superior del Soyalismo de a Real, donde se comerá lo mismo, pero en raciones menores.

17- **Soyalismo de a Real**: Creación hipocalderémica de Mal, Enyel, Lenano y Estalino.

18- **Hipocalderémica**: Relativa a la hipocalderemia, falta de caldero crónica, provocada por el Soyalismo de a Real.

19- **Mal**: Estudioso de los obreros, sin serlo, y del Capital, sin ganarlo.

20- **Enyel**: Suministraba el capital a Mal.

21- **Lenano**: Creador del baile "Un pasito para alante, un pasito para atrás", en fin, del capitalismo de estado, que Infiel también quiso aprender a bailar, sin éxito, por "patón".

22- **Estalino**: Sucesor de Lenano, conocido como el más grande "purgante" de todos los tiempos.

23- **Nestliza**: País banquero por excelencia, famoso por sus relojes y sus chocolates.

24- **M.T.T**: Milicias de Tontos Territoriales.

TODO SOBRE LA MORINGA

Si no fuera porque los cubanos sabemos muy bien que Fidel Castro no acostumbra a bromear y que se toma todas las cosas muy en serio –para desgracia nacional– este asunto de la **moringa** parecería un broma colosal, como el cuento del chino con la malanga, pero no, el "Reflexionador en Jefe" no jugaba con el doble sentido cuando escribió en su ya habitual columna sobre esta planta que, según él, parece ser el ungüento de la Magdalena.

La moringa oleifera, también conocida como "el árbol de la vida", "árbol milagroso", marango, malunggay, árbol blanco, San Jacinto y otros nombres más, es una planta originaria del norte de la India que contiene todas las vitaminas, aminoácidos y antioxidantes que el cuerpo humano necesita.

La moringa tiene:

- 4 veces más proteínas que los huevos
- 10 veces más vitamina A que las zanahorias
- 15 veces más potasio que los bananos
- 17 veces más calcio que la leche
- 25 veces más hierro que las espinacas
- 7 veces más vitamina C que las naranjas

- Vitaminas B1, B2, B3 y E; cromo, magnesio, manganeso, fósforo, zinc y betacaroteno.
- Los 20 aminoácidos que el cuerpo necesita para crecer, reparar, reproducir y mantener las células vivas.
- 36 sustancias anti-inflamatorias.
- 46 antioxidantes

¿Qué hace la **moringa** en nuestro cuerpo?

- Incrementa sus defensas naturales
- Proporciona alimento para los ojos y el cerebro.
- Proporciona ingredientes biodisponibles al metabolismo
- Promueve la estructura celular del cuerpo
- Controla de forma natural los niveles elevados de colesterol sérico.
- Reduce la aparición de arrugas y líneas finas.
- Promueve el funcionamiento normal del hígado y el riñón.
- Embellece la piel
- Proporciona energía
- Promueve una correcta digestión
- Previene el cáncer

- Presta atención al sistema inmunológico del cuerpo.

- Proporciona un sistema circulatorio saludable.

- Es un anti-inflamatorio.

- Produce una sensación de bienestar general.

- Proporciona y apoya los niveles normales de azúcar en la sangre, por lo que ayuda a controlar la diabetes.

- Está indicado en el tratamiento de la anemia, ya que enriquece la sangre.

- Evita la osteoporosis, ya que fortalece los huesos.

- Recomendado en la menopausia por su alto contenido en hierro.

La moringa puede ser consumida por las personas de cualquier edad, y todas las partes del árbol son comestibles: hojas, flores y semillas, con las cuales se pueden preparar sopas, té, ensaladas, jugos; y mezclarse con otros alimentos para atoles, guisados o tortillas. Las vainas se pueden consumir como las habichuelas... en fin, como su imaginación se lo permita, y su sabor es agradable al paladar.

Si todo esto es cierto, las grandes compañías farmacéuticas transnacionales deben estar ya investigando cómo crear y producir a gran escala un potente yerbicida que acabe para siempre con la moringa, por la terrible amenaza que esta atrevida planta tercermundista representa para sus sacrosantos intereses de enriquecimiento sin límites a costa de los pobres enfermos de todas esas cosas que la milagrosa moringa parece prevenir, aliviar y/o curar, ¡ah!, y si acaba con la impotencia masculina, entonces se las tendrá que ver con los fabricantes de la pastillita azul, que de seguro reaccionarán iracundos ante una campaña que promocione "Moringa para la morr...".

Doctora Moraima Morales Miraflores

Universidad de la Moringa

¿Zombis en Miami?

¿Quién iba a pensar que *Juan de los muertos*, esa zombizambullida en —y sobre— "el parque temático cubano", cuya crítica publiqué en *Artefactus Teatro* (Miami*)* y en *Noticias de cine* (La Habana), iba a tener tan pronto una estremecedora secuela real en la Ciudad del sol y "de los zombis", su más reciente *nickname*?

Cuando acabé de ver la película, dos meses atrás, sentí vergüenza e indignación, y luego pena y consternación, porque esta despiadada sátira-metáfora fue premiada por los espectadores de las dos orillas —"Coral del público" en el 33 Festival Internacional de La Habana, y Premio *idem* en el de Miami 2012—; "fiel reflejo a mi juicio de lo enferma que está la sociedad global", que "parece haber encandilado a los espectadores de lugares tan disímiles como Cannes, Sitges, La Habana o Miami", fueron las palabras que escribí exactamente sobre la horrible epidemia de zombis que este film cubano-español "desata" en Cuba para que su director y la parte española pudieran "matar a sus enanitos".

Un **zombi** (escrito a menudo erróneamente con la grafía inglesa *zombie*) es una figura legendaria propia de las regiones donde se practica el culto vudú —como en Haití, por ejemplo—; un muerto resucitado por medios mágicos por un hechicero para convertirlo en su esclavo, lo que ha pasado a la literatura fantástica por extensión como sinónimo de muerto viviente, y al lenguaje común

138

para designar en sentido figurado a quien hace las cosas mecánicamente como si estuviera privado de voluntad.

En 1937 la folclorista estadounidense Zora Neale Hurston conoció en Haití el caso de Felicia Félix-Mentor, fallecida y enterrada en 1907, y a quien, sin embargo, muchos lugareños aseguraban haber visto viva treinta años después, convertida en zombi. Hurston se interesó por los rumores que afirmaban que los zombis existían realmente, pero que no eran muertos vivientes, "sino personas sometidas a drogas psicoactivas que les privaban de voluntad". Sin embargo, no pudo encontrar datos que fueran más allá del mero rumor.

Varias décadas más tarde, en 1982, el etnobotánico canadiense Wade Davis viajó a Haití para estudiar lo que pudiera haber de verdad en la leyenda de los zombis, y llegó a la conclusión —publicada en dos libros: *The Serpent and the Rainbow* (1985) y *Passage of Darkness: The Ethnobiology of the Haitian Zombie* (1988)— de que se podía convertir a alguien en zombi mediante el uso de dos sustancias en polvo. Con la primera, llamada *coup de poudre* (en francés, literalmente, "golpe de polvo", un juego de palabras con *coup de foudre*, que significa "golpe de rayo" y también "flechazo" amoroso), se induciría a la víctima a un estado de muerte aparente. Sus parientes y amigos la darían por muerta y la enterrarían, y poco después sería desenterrada y "revivida" por el hechicero, y en ese momento entrarían en acción los segundos polvos, una sustancia psicoactiva capaz de anular la voluntad de la víctima.

El ingrediente principal de la primera sustancia, el *coup de poudre*, sería la tetrodotoxina (TTX), una toxina que se encuentra en el pez globo, que habita las costas del Japón y el Mar Caribe. La TTX, administrada en una dosis semiletal (LD50 de 1 mg), es capaz de crear un estado de muerte aparente durante varios días, en los cuales el sujeto sigue consciente a pesar de todo. Otras fuentes hablan del uso del estramonio o datura, que en Haití se llama *concombre zombi*, esto es, "pepino zombi". Según la creencia popular, la ingestión de sal liberaría al zombi de los efectos de la droga.

A pesar de que la creencia en los zombis está muy extendida en Haití, al punto de que a veces se toman medidas para evitar que los muertos sean convertidos en esclavos, como inyectarles gran cantidad de agua salada o incluso cortarles la cabeza, no existe ninguna evidencia científica de que alguien haya sido sometido a un proceso de "zombificación", ni por medio de los venenos descritos ni, por supuesto, por medios mágicos sobre muertos reales. Las investigaciones y relatos de Davis y de Hurston han sido cuestionados por muchos escépticos, que ponen en duda su veracidad, y por otra parte, es falso que el código penal haitiano prohíba expresamente el uso de sustancias susceptibles de provocar la "zombificación"; idea falsa que en ocasiones se cita como demostración de la existencia real de estas prácticas.

Para los que vivimos en Miami –y en los Estados Unidos, Latinoamérica y Europa en general– el tema de los zombis era, cuando más, solo un tema para las películas de horror de Hollywood, como *Evil Dead,* de Sam Raimi, y otras como *El regreso de los muertos vivientes,* que, según sus propias palabras a la prensa, le sirvieron de inspiración a Alejandro Brugués, el director de *Juan de...*, para su versión tropicalizada de los zombis, pero ahora, con el pavoroso caso del haitiano Rudy Eugene, el asunto se ha vuelto de seguridad personal, local y, por qué, no, hasta global, por lo que hay que profundizar en las causas y en los medios que han hecho posible que las peores pesadillas de Hollywood —y de Alejandro Brugués— se estén haciendo realidad en nuestros predios primermundistas.

Independientemente de que concuerdo con mi colega Ramón Mestre en que, como expresó en su columna "Cortos rápidos" en *El Nuevo Herald* del domingo 10 de junio, "no nos enfrentamos a una epidemia mundial de canibalismo, sino a otra epidemia de ramplonería amarillista que le consume el cerebro a muchos directores de medios de comunicación", lo cierto es que ahora ya Miami tiene, además de su mítico "Caracortada", al tristemente célebre "Caracomida", un desamparado por más señas, y ojalá que a Al Pacino no se le ocurra aceptar dicho papel en el film que Hollywood ya está planeando comenzar a filmar en bre-ve —y que se llamará precisamente así: *Caracomida*—; porque después de que aceptó hacer un *cameo* en *Jack and Jill*, el horroroso film de Adam Sandler, de Pacino se puede esperar cualquier cosa.

Críticas séptimo-artísticas a un lado, lo bueno que tiene esto es que de lo malo casi siempre se puede sacar una enseñanza —**o varias**— y volverse más precavido, pues a los pocos días de que Rudy le "comiera" la cara a Ronald Poppo como si estuviera en el restaurante de comida rápida del otro Ronald, un hombre llamado Brandon de León, también desamparado, trató de morder a dos policías y los amenazó con devorarlos después de ser arrestado, pero estos rápidamente le pusieron un bozal como a Hannibal Lecker, el de *El silencio de los corderos,* y Brandon se quedó con las ganas de hacerle honor a su apellido.

Moraleja: Ahora que el nuevo estadio de los Miami Marlins le ha dado un nuevo aire al béisbol en la localidad, no sería mala idea que vendieran caretas de *umpire* para que todos los aficionados protegieran sus caras en caso de que se encontraran con otro "comecara" en su camino.

Otra gran conclusión derivada de estos aterradores eventos es que hay que eliminar por completo las bañaderas esas que se llenan de agua para uno sumergirse en ellas, para que nadie tenga ese pretexto para comprar sales de baño, pues *ni modo* que en la ducha uno se vaya a estar echando el polvito ese por arriba como si fuera talco, ¡ah!, y las asociaciones de condominios —a las que les encanta martirizar a los vecinos remolcando sus carros y vigilando si sus perros ladran y todas esas cosas— serán las gozosas encargadas de vigilar que nadie tenga una bañadera en su casa, solamente duchas, pues dice la policía que "fumar e inhalar sales de baño" es una de las causas de la "comezón facial" que nos azota.

Retomando el tema de las sustancias psicoactivas como causantes del fenómeno zombi en Haití, la novia de Rudy ha declarado que a él le deben haber hecho un trabajo de brujería vudú, cosa que la coincidencia de la nacionalidad del obciso hace que no suene tan descabellado, aunque hoy por hoy existen drogas sintéticas que pueden convertir a los hombres que las consumen en animales salvajes, como parece haber sido el caso de Rudy, aunque los resultados de la autopsia

–que parece que los análisis los mandaron a hacer a China para que salieran más baratos y por eso se demoraron tanto– dieron que solo consumió mariguana.

Yo que usted, padre de familia, vigilo más a mis muchachos –y muchachas– aunque le llamen al 911 por estar invadiendo su sacrosanta privacidad, y a ti, gobierno, debes prohibir la venta de esas peligrosas drogas sintéticas y vigilar, con el mismo celo con que les quitan en el aeropuerto de Miami las botellas de ron y los tabacos cubanos a los que regresan de Cuba, que nadie las tenga (por suerte, ya en el Condado Miami Dade se prohibió dicha venta en días recientes).

Sin bañaderas, con caretas de *umpire* a la mano, más vigilancia en la casa –y tipo aeropuerto de Miami en las calles–; menos películas sensacionalistas en los cines, y noticieros de televisión que no den solo noticias de asesinatos y de violaciones, esperamos que estos sórdidos episodios no se repitan; ¡que vivan las duchas!

Sonio Duchamps
Dueño de la franquicia que
vende las caretas de *umpire*
en el nuevo estadio de los
Miami Marlins

Acerca del autor

Baltasar Santiago Martín Garrote nació en Matanzas, Cuba, el 15 de julio de 1955. Sus padres, Elsa Garrote y Baltasar Martín, eran dueños y obreros a la vez de la fábrica de calzado femenino *Domano*, donde se hacía café dos veces al día para los trabajadores, se les daba un par de zapatos en verano y otro en invierno a cada uno, y por supuesto, aguinaldo a fin de año, igualitico que haría Fidel después cuando les quitó la fábrica para implantar el socialismo en la isla, ¿verdad? Pues no, ¡cero aguinaldo!

Baltasar quería cambiarse el nombre al llegar a la mayoría de edad –para evitar las burlas con los Reyes Magos que tanto le incomodaban–, pero cuando llegó ese día, ya le importaba un carajo lo que la gente le dijera, así que asumió su "mágico" patronímico con gran dignidad, al punto de que al hacerse ciudadano norteamericano en el 2006 conservó el "Baltasar" sin dudarlo ni un instante, como homenaje a su admirado padre.

Ingeniero Estructural desde 1980 –sin participar en los bochornosos actos de repudio de esa etapa–, fue profesor universitario en Matanzas durante 6 años, y luego de un corto intento de mejorar su ciudad como constructor, tuvo que emigrar para la capital huyendo de la ira del Partido Provincial, al que desafió al rechazar un proyecto sin calidad que le quería imponer el funcionario partidista que atendía el sector de la construcción en Matanzas.

Paralelo a su trabajo como profesional de la construcción, en 1987 fundó en La Habana el GRUPO "ARAR" (Arte y Arquitectura) para incrementar la presencia de las artes plásticas en la arquitectura cubana. En 1993 pasó a integrar el consejo de redacción de la revista *Ingeniería Civil*, órgano oficial de la Unión Nacional de Arquitectos e Ingenieros de la Construcción de Cuba (U.N.A.I.C.C.), organización de la cual fue miembro fundador.

En 1994 se radicó en la ciudad de Querétaro, México, donde estudió una maestría en Educación y fue profesor de Pintura al fresco, Historia del Arte e Historia de la Arquitectura hasta mayo del 2000, y como fruto de su taller de "fresco" dejó colocados cerca de ochenta murales en lugares públicos de esa ciudad.

En mayo del 2000 arribó a Miami, y durante 6 meses trabajó como profesor de Computación y de Pintura al fresco en el Centro Comunitario "Abriendo Puertas" de la Pequeña Habana, actividad que dejó para retomar la ingeniería estructural por casi diez años como proyectista e inspector de obras.

Ha obtenido varios premios y menciones en concursos de poesía y cuento en Matanzas, La Habana, España, Arkansas y Miami, y ha publicado numerosos artículos en la revista *Encuentro de la Cultura Cubana*, que se edita en Madrid, España –tanto en papel como digital–, y en la Revista Hispano-Cubana, también editada en Madrid, entre otras. Fue columnista de *Venue Magazine* desde el 2009 hasta el 2012 –fue el jefe de redacción durante su último año en la revista–, y actualmente es colaborador habitual de la revista *Newsweek* en español y corresponsal en Miami de la revista especializada *Dance Magazine.*

Tiene cinco libros publicados: *Amaos los unos a los otros*, EDITORIAL BETANIA, Madrid 2006; *Esperando el velorio*, EDITORIAL Alexandria Library, Miami 2007; *Calentando el bate*, EDITORIAL ZV Lunáticas, París 2008; *Una vida, un tren*, EDITORIAL Alexandria Library, Miami 2010 (presentado en la Feria del Libro de Miami del 2010), y *Visión 21/21*, EDITORIAL LINDEN LANE PRESS, Miami 2011. Su primer libro fue reeditado por la

Editorial Eriginal de Miami en el 2011, al igual que en el 2012 su segundo, que es este que usted tiene ahora en la mano.

En marzo del 2008 creó la Fundación APOGEO para el arte público. Actualmente se encuentra acopiando información y escribiendo una novela biográfica, titulada *Bailando al borde,* sobre Alicia Alonso, la mítica *prima ballerina assoluta* cubana.